新 潮 文 庫

パーマネント神喜劇

万城目 学 著

新 潮 社 版

11285

目次

パーマネント神喜劇

はじめの一歩

その一

みなさま、こんにちは。えへん、こんにちは。

こうして自分のことを語る、それも他人の目に触れることを目的にして己を語るなんて、経験がないもので、緊張します。おほん、緊張します。え？　いちいち二度、言わなくてもよい？

了解。

了解しました。

あ、今のもいらないってこと？　何だか、難しいね。だって、私の場合、同じ言葉を二度繰り返して、それを言霊《ことだま》に変えて外の世界に送り出すのが仕事だからね。それをしてはじめて、ようやく物事が動き出す、世界が回り始めるわけだから。大事なことを言うときにすっかり習慣づいちゃって、こうやって必要ないときまで、つい二度唱えちゃう。

どのくらい前から、この仕事をしているか――？

細かくは忘れてしまったけど、ざっと千年くらいかな。そう、最初の配属先がここで、それから一度の異動もなく、ずっとこの場所でお勤めしてる。そうだね、ここらへんじゃ、めずらしいほうかもしれない。千年は長かったかって？ そりゃ、長いよ。長いに決まってるじゃない。春夏秋冬、それぞれ千回ずつ見てきたよ。そうそう最近、夏が特に暑くて参っちゃうよね。ほんの二、三十年前まで、三十度を超える日なんて、八月でも何回もなかったよ。それが今は朝から、グングン気温が上がるもの。九月になっても全然変わらないもの。はあ、今日も暑いわ。しかも、あんたがいるから余計暑苦しいわ。そうそう、あんた、もうちょっと小さくなれないの？ せめてあのマテバシイの神木よりは小さくなりなさいよ。それが、礼儀ってもんでしょ。末社《まっしゃ》っていったって、それなりのプライドってもんがあるんだから。まったく、最近の若いみなさんは、礼儀作法を知らない。先輩方から教えてもらわないのかねえ。あ、小さくなった。そんなに小さくなった。

あんた、ずいぶん達者に力を使うんだね。お師匠様は誰？ へえ、そうなんだ。うん、もちろん知ってる。結構、基礎体力作りをみっちりするって噂《うわさ》の御方だよね。私のお師匠？ 私のお師匠は山奥に住んでいた世間的には無名の御方で、人間たちに名前を忘れ去られて、ずいぶんむかしに消滅しちゃったよ。いや、いいの。気にしないで。大なり小なり、誰もがいつかは経験することだから。結構気前よく雨を降らせてあげる、いい師匠だったんだけどねえ。私にも気前がよくってね。修了の際は袖《そで》の下も受け取ってくれて、一発で合格させてくれたよ。

あ、これ、今のやり取りをそのまま書いちゃうの？　袖の下、ってのはマズいから、駄目だよ。最近はそういうのに厳しいからね。なるほど、あとでリライトして、私が書いたようにそれっぽく直すんだ。なら、安心だね。へえ、世の中の本ってそういうのが結構あるんだ。知らなかった。本をたくさん出している上級神のみなさんって、腕も立つし、神通力《じんつうりき》もバリバリだし、文章も達者ですごい、と感心していたけど、全部自分で書いているとは限らないのね。うん、わかってる。黙ってる。誰にも言わない。誰にも言わない。あ、今のもただの強調ね。ほら、どこにも言霊が現れていないでしょ。

そろそろ本題に入りたい？

オウケー。何でも訊《き》いてよ。

あ、その前にひとついいかな？　確認したいことがあるんだけど、ええと、何というか、これがもし本になった場合、その、いくばくかは私のところにも入ってくるんだよね？　あ、そうなんだ。そういう仕組みなんだ。実際の実入りよりも、お偉方の目に触れることで昇進のチャンスがぐっと増すってことね。まあ、私もここで千年やってきたからね。そろそろ、よりアッパーな仕事をしてもいいと思うんだな。

そうなると、なおさら、あんたにはいい本を書いてもらわなくちゃ。もちろん、私に同行してくれて構わないから。でも、こんな下っ端《したっぱ》の話なんかを読みたがる方々が本当にいるの？　ふうん、今は末社のリアルなお勤めを紹介した本が静かなブームなんだ。まあね、わかるよ。私たちは何といっても現場にいるから。とにかく、どんな形であれ、我々のような下っ端に脚光が当たるのはいいことだよ。

さっそく、何から話そう。

私の専門？　そっか、そういうところから始めるわけね。

何だか照れるね。

おほん。

私の専門は「縁結び」です。小さいなりにも由緒《ゆいしょ》正しき、この縁結び神社を預かる神でございます。

そう、縁結びね、縁結び。

あ、気張ったついでに言霊飛ばしちゃった。

その二

ここに、とある青年がいる。

彼の名前は、篠崎肇《しのざきはじめ》。

テーブルを挟んで、彼の前にひとりの女が座っている。

彼女の名前は、坂本みさき。

二人は同じ会社に勤めている。スーツ姿の男は、対面の相手より二つ年上で、今年で二十九歳。ただし男は大学院卒で、女は四大卒採用だったため、年の差はあっても二人は同期入社の間柄だ。付き合って、もう五年になる。新入社員研修のときから何となく惹《ひ》かれ合い、社会人最初の夏が終わる頃には、すでに交際が始まっていた。

普段、男は女を「みさき」と呼ぶ。女は男を「肇くん」と呼ぶ。機嫌が悪くなったり、攻撃的な口調で話したりするときだけ「肇」になる。

「ねえ、肇」

とみさきは皿のデザートの盛り合わせをつつくフォークの動きを止め、低い声を発した。

「私、肇に直してほしいところがあるんだ」

同じくデザート皿に視線を落とし、アイスクリームをまず平らげ、次の小さなプリンに取りかかろうとした肇が「え」と面《おもて》を上げた。

「直してほしいところ？」

「うん」

「な、何だろう」

「別に大したことじゃない。ただの口癖なんだけど」

「口癖？　誰の」

「肇のに決まってるじゃない」

「僕に……そんなのあるかな」

「まあ、口癖ってほどじゃないかもしれないけれど……、ううん口癖。口癖ということにしておく。だって私、今日はこれを言うために来たんだから」

急に語調が厳しくなった相手の声を聞きながら、肇はフォークをテーブルに置くと、なるべく平静を装《よそお》いながらコーヒーカップを手に取り、

「ついに来たか」

と緊張の心持ちで中身をひと口すすった。

最近、みさきがイライラしていることは、肇も気がついていた。しかし、休日も取れぬほど仕事が立てこみ、なかなか落ち着いて話もできないと思っているうちに、いつの間にか夏が終わってしまった。残暑はまだまだ厳しいが、来週はもう十月だ。上期の決算作業が加わり、これからさらに殺人的な忙しさの毎日が訪れる前にと、何とか時間を作ってみさきをフレンチのディナーに誘った。五度目の記念日を祝う意味もあった。五年前の今日、映画を観《み》た帰り道、「付き合ってください」という肇の申し出に、みさきがウンとうなずいてくれたのだった。

「最近こういうのなかったから、うれしい。ねえ、何か、やましいことでもあるんじゃないの？」

と憎まれ口を叩《たた》きつつも、上機嫌で料理を口に運ぶみさきの様子に、内心ホッとしていた肇だったが、やはり奮発した八千円のフルコースだけですべてを流し去ることはできなかったらしい。

とはいえ、肇には、みさきと争う気は毛頭ない。どんなことを言われようとも、みさきの言葉を真摯《しんし》に受け止めるつもりでいる。心のイライラを流し去るためには、何より人に話し、言葉にして外に放り出すことが必要だ。ここはまず、みさきが溜《た》めこんだ鬱憤《うっぷん》を外に吐き出させないといけない。話し合いはそれからだ。その際、必ず守らねばならぬ鉄則は、いくら非難されても、絶対に「忙しかったから」と言ってはいけない、ということだ。

「いいか、篠崎」

数日前、職場で隣の席に座る、三つ先輩の水森は、後輩から恋愛相談をもちかけられ、おもむろに足を組んでこう答えた。

「女は生き物として、共感型に分類できる。彼女たちが怒りに任せて話すとき、正確な反論や、正しい状況の説明なんて、最初から求めていやしない。彼女たちが求めているものは、ズバリ『共感』だ。だから、お前はとにかく共感しろ。そして謝れ。そうすれば、道は自《おの》ずと拓《ひら》けてくる。あと、ひと言つけ加えさせてもらうならば、ウチの部長も同じタイプだ。五十二歳の『共感型』おっさんだ。だから、俺は共感する。ひたすら、おっしゃるとおりです、を連呼する。しかるのち謝る。すると、部長の前に、細い細い道が拓ける。ただ、女とちがうのは、その結果、仲直りできたとしても、まったく気分がよくならないということだ」

水森は重々しくうなずくと、イスから立ち上がった。彼が担当する取引先とのトラブルの件で、朝から相当機嫌の悪い部長の元へ、ネクタイを締め直し、「じゃ、行ってくるわ」と覚悟の表情で向かっていった。

　このときの先輩からのアドバイスを改めて思い返し、

「いいよ、何？　言いたいことって？」

　と肇は心の準備を整え、みさきに笑顔を向けた。

　しかし、みさきが「では」とばかりにフォークを置いて話し始めたとき、あれほど「すべてを聞き遂げ、共感する」と心に決めていたにもかかわらず、五秒も経《た》たぬうちに、

「え？　今、何て？」

　と肇は口を挟んでいた。

「だから、その口癖を直してほしいの。私の前ではもう使わないでほしいの」

「『まず、はじめに』ってのを？」

「そう、それ。その落ち着き払って、『まず、はじめに』って前置きするやつ」

　肇はしばしの間、みさきの目を見つめ、

「そんなに……、使うかな？　その言葉」

　と控えめに問い返した。

「使う、いつも使う」

　みさきは強くうなずいて、

「とても苦手なの。『まず、はじめに』から始まる肇の話し方が。何ごとも理詰めで、すごく突き放した感じに私には聞こえる」

と早口で続けた。

「な、何で、付き合って五年目になって、そんなことを急に言うの？」

「最近、肇が忙しくて、全然会えない間に、私、いろいろ考えたの。何が問題なのかなって」

「も、問題って――そんなにあったかな？」

「うん、いろいろ。それで考えたの」

「その答えが――『まず、はじめに』というわけ？」

「そう」

肇はテーブルの皿に視線を落とし、食べていないデザートが二品目残っていることを確認しながら、

「待って、ちょっと待って」

と手を挙げた。

「説明させてほしい」

「説明？　何の？」

「『まず、はじめに』の意味を」

「意味なんかあるの？」

「あるよ、もちろん」

肇は「アイスクリーム溶けてるよ、食べて」と、みさきにデザートの続きを促し、

「まず、はじめに――そこには」

と言って、いきなり口にしたことに気がついた。

フォークを取ろうとした手の動きを止めた、みさきの冷ややかな目線を正面に受けつつ、

「そこには、ええと、数学的帰納法《きのうほう》という考え方があってだね」

と肇は言葉を続けた。

「数学的――何？」

「数学的帰納法、知らない？」

「知らない。聞いたこともない」

「おもに証明問題で使われるんだけど。みさきも、高校のときに習ったはずだよ」

「私は習ってない、文系だし」

「いや、文系理系関係なく、みんなやると思うよ」

「私は習ってない」

「うん、習ってない。習ってないね。ええと、数学的帰納法ってのは、おおざっぱに言うと……、たとえば二階に行くための道筋として、階段をひとつずつ積み重ねて到達するような考え方のことなんだ」

はあ、と興味なさそうにつぶやいて、みさきはチョコレートケーキの切れ端を、溶けたアイスクリームの上に泳がせてから口に持っていった。

「まず、ある数式に関し、n＝1のときに成り立つことを示す。次に、n＝kとn＝k＋1のときにも成り立つことを示す。すると、すべての自然数に対し、成り立つことが自動的に証明される」

みさきはしばらく黙って口を動かしていたが、「全然、わからない」と率直な感想とともに首を横に振った。「何も自動的になんか証明されない」

「そ、そうだね」

肇はすでに味もよくわからなくなっている、ぬるいコーヒーを飲み干した。

「たとえば、階段を造る場合のことをイメージしてみてほしい。まず、一段目を造る。その次に二段目を造る。二段目があるから三段目を築く。そうやって四段、五段、六段……、百段、千段ってずっと続いていく。どんなに高い階段も、まず一段目が造られる。そこから始まっている」

「それで、その階段と数学的ナントカと『まず、はじめに』との間に、どういう関係があるの？」

「アプローチの仕方として同じなんだよ。物事に対処するとき、僕は『まず、はじめに』、つまりn＝1のときから考える。一歩目なくして、二歩目なし。二歩目なくして、三歩目なし。そうやって、着々と築いていく。たとえば、このデザートもそう。アイスクリームにプリン、チョコレートケーキにタルト。まず、全部で四品目あることを確認する。それから、食べる順番を決める。ちゃんとゴールまでの順序を見極めてから、取りかかる。このなかで『まず、はじめに』食べるべきは、アイスクリーム。放っておくと、どんどん溶けちゃうから」

「じゃあ、私みたいに何も考えないで、手当たり次第につついて、アイスクリームも溶け放題、皿の上はぐちゃぐちゃなんていう食べ方はあり得ないんだ」

「い、いや、そんなこと言っていないよ。みさきはみさきの食べ方をしたらいいと思う。僕はただ、自分の話をしただけで、別に――」

「あのさあ」

とみさきは肇の言葉を遮り、

「どうしてそうやって、いつも自分のことばっかりなの？」

とフォークの先を遠慮なく相手に向けた。

「え？　僕はいつもみさきのこと考えてるよ。そうだろ？　だから、こうやって食事にも誘った――」

「ちがうの。そうじゃなくて」

みさきは苛立《いらだ》った声を上げて、フォークをテーブルの上に置いた。

「もう、そんなだから肇は細かいばかりで、決断力が鈍いって、みんなに馬鹿《ばか》にされるのよ」

「え、何のこと？　ちょっと待ってよ。みんなに言われてる、って何？　誰が言ってるの？」

「知らない、ごちそうさまでした」

とみさきは膝《ひざ》の上のナフキンを畳んでテーブルに戻すと、視線も合わさず「ちょっとトイレ」と席を立ってしまった。

*

閑散とした地下鉄の駅への道を二人並んで歩きながら、店を出てからずっとうつむき加減で何かを考えていた様子のみさきがようやく口を開いた。

「じゃあ、肇があえて一歩目を踏み出さないときってどういう場合なの？」

「それは四歩目や十歩目、ひょっとしたら百歩目が確かじゃない、ってことだね。つまり、頭の中で順序づけが未完成な状態なんだ。すべてが確かな状態になったとき、僕は一歩を踏み出す」

「でも、最後まで順番を決めたくても、今はわからないことだって、たくさんあるじゃない」

「その場合は判断の材料が揃《そろ》うまで待つ。焦《あせ》る必要はないしね」

「焦る必要があるかもしれないじゃない」

「それ、何の話？」

みさきが足を止め、何か言葉を発しようとしたとき、肇のスーツのポケットからスマホの振動音が漏れ聞こえた。

「あ、ごめん」

と肇はスマホを取り出し、仕事用の声で「はい、篠崎です」と電話に出た。二人の間では、決してめずらしくない光景なのだろう。みさきはそれを怒るでもなく、悲しむでもなく、ぼんやりとした表情で見つめていたが、頭を軽く振って空を見上げた。

空は雲に覆《おお》われて、ただただ薄汚い。頭上に漂う暗い灰色をそのまま吸いこむように、みさきは空を仰いだ。社内で仕事上のトラブルが発生したらしく、肇はパソコンのファイルの在りかを少し苛立った声で伝えている。みさきは小さなため息をついて顔を戻した。

「これはまだまだ、ずっと先の話のようですな、篠崎くん――」

と誰に聞かすでもなくつぶやくと、肩にかけたバッグの位置を直し、青信号に変わった横断歩道を先に渡り始めた。

四車線を貫く横断歩道の半ばまでみさきが進んだところで、やっと置いていかれたことに気がついた肇が、

「そのファイル、今日送らないとダメなのかな?」

とやりとりを続けながら、遅れて横断歩道へ向かった。

「ちょっと、すまない、またあとで電話するから」

ととりあえず通話を切り、肇はみさきの背中を追った。青信号が点滅し始め、ちょうどみさきが横断歩道を渡り終えたところで、

「ごめん、ごめん」

と追いつき、その華奢《きゃしゃ》な肩に背後から右手を置こうとした。

その瞬間、

「キンッ」

という硬質な音が、いきなり耳元をすり抜け、目を開けていられないほどの強い光が、正面から、いや正確には足元から一気にせり上がってきた。

肇は反射的に腕を上げ、光を防ごうとした。

しばらく経って、まぶた越しに光が消えたことを確認し、肇はおそるおそる目を開けた。

たった今、自分を包んだばかりの光の痕跡《こんせき》はどこにも見当たらず、周囲には夜の景色が戻っていた。それでも警戒の面持ちのまま、カバンごと持ち上げていた左腕を下ろし、

「大丈夫だった？」

と真っ先にみさきの様子を確認した。

「あれ――？」

そのときになってようやく、肇は身の回りの異変に気がついた。

目の前にいるはずのみさきがいない。

その代わり、なぜか正面に大きな鳥居がそびえていた。

「どこ、ここ?」

と場所を確かめるべく振り返ると、いきなり視界を塞《ふさ》ぐように二人の男が並んで立っていた。

「わっ」

と面食らって、肇は思わず後退《あとずさ》った。

「あ、どうも。驚かせて失礼」

左に立つ男が、にこやかな笑みとともに軽く手を挙げた。

それに呼応するように、右に立つ男もぎこちない動きで少しだけ頭を下げた。

「な、何ですか?」

会社の大事な資料が入っているカバンを無意識のうちに胸に抱えこむようにして、肇は裏返った声を上げた。

「私たちは別にあやしいものではありません、篠崎肇くん」

「な、何で僕の名前を……?」

「あんたのことは何だって知っています。篠崎肇、二十九歳、システム営業部所属、好きだった野球選手は元巨人の川相《かわい》、嫌いな食べ物はトマトにきゅうりになす、要は夏野菜全般、はじめて買った音楽CDは小学生のとき、プッチモニの『ちょこっとL

ＯＶＥ』」

「ど、どうしてそんなことまで――」

「だって、私は神だから」

「は？」

「だから神」

「か、神？」

「そう、そこの」

男はひょいと手を上げて、肇の背後を指差した。釣られて振り返ると、先ほどの鳥居とその先に続く暗い参道が、雑木林を背景にひっそりとたたずんでいた。

「この神社でお勤めしている神です」

首を戻した肇は、依然カバンを抱きしめたまま、改めて目の前の二人を見つめた。

自分のことを「神」だと名乗った左側の男は、見たこともない模様の図柄が複雑に重なり合った長袖の開襟《かいきん》シャツを着て、吊《つ》りバンドをしていた。年はおそらく四十代後半といったところか。腹が出ているおかげで、吊りバンドが左右に押し出されている。下ぶくれの顔つきにしろ、少し頼りない感じの髪の毛にしろ、どこからどうみてもただの中年男の出立《いでた》ちである。

一方、右側の男は自分より少し年上、三十代前半だろうか、スリムなスーツ姿に黒縁のメガネをかけ、髪をぴっちり横分けにしている。肇の視線に気づくと、

「私も同じく神ですが、この神社に縁はございません。今日はオブザーバーという立場で同席させていただきます」

とやけに丁寧な物腰とともに改めて軽く一礼した。

突然、「神」であると名乗り出た二人の顔を見比べ、肇はものも言わず脇《わき》へと一歩踏み出した。厄介事に巻きこまれる前に、この場を立ち去ろうとした。

「まあまあ、待ってちょうだい」

吊りバンドの男がすっと肇の前に立ち、行く手を素早く塞いだ。

「な、何なんですか」

「わかるよ、信じられないんでしょう？　揉《も》め事《ごと》に巻きこまれるかも、って思うんでしょう？　その気持ちはとてもよくわかるけど、ここは論より証拠。ほら、あれを見てごらん。あそこにいるの、誰だかわかる？」

男が指差す先をつい目で追うと、交差点を隔てて、ひとりの女性の姿に行きついた。その女性は、ちょうど歩行者用の信号の真下あたりで立ち止まっていた。

「あれ？　みさき……？」

思わず口を衝《つ》いて出た肇の声に、

「ご名答。あれは君の恋人、坂本みさきさん」

と中年男は深々とうなずいた。

そのときになってようやく、肇は己の立つ場所がおかしいことに気がついた。先ほどの閃光《せんこう》の寸前、自分はみさきに追いつき、後ろから肩に手を置こうとしていた。しかし自分はこうして、鳥居の前に立っている。みさきとは交差点の中心を挟んで、二十メートルは離れてしまっている。

さらに、もう一つ妙なのは、先ほどからみさきがちっとも動かない、ということだ。よくそんな姿勢を保てるな、というほどの前傾姿勢で、信号の真下で動きを止めている。

「動かないでしょ、彼女」

肇の心を見透かしたかのように、吊りバンドの男は肇の顔をのぞきこむと、

「どうしてかわかる？　答えは、時間を止めているから」

と得意そうな声で告げた。

「ほら、そこの右折待ちの車——動いていないでしょ？　エンジンも止まっている。向こうに並ぶヘッドライトも、いつになっても近づいてこない。あんたの彼女の頭上

にある信号だって消えている。ちょうど点滅していたから、きっとライトが消えたタイミングで時間が止まったんだ」

何かこういうのリアルでいいな、と男が続ける横で、肇は思わず腕時計を確かめた。秒針は停止していた。振っても叩いても動こうとしない。次にスマホを取り出した。触れても暗い画面のまま何の反応もない。

「信じてくれた？」

中年男の言葉に、肇はスマホを握りしめたまま、思わず一歩後退った。

「何も怯《おび》える必要はないよ。むしろその反対で、無茶苦茶ラッキーなことなんだから、もっとよろこびなさい」

「ラッキー……って何が？」

「だって神に会えたんだよ。どれだけすごいことかわかってる？　それこそむかしなら、この話だけで近隣の村人がお布施《ふせ》にやってきて、一生崇《あが》められて暮らしていたよ」

男は吊りバンドに両手の親指をかけると、残りの指を妙にひらひらさせてみせた。

「そ、それで僕に、な、何の用……？」

すっかりかすれてしまっている肇の声に、中年男はにやりと笑みを浮かべ、指から

吊りバンドを一気に離した。「パン」と肉を叩く派手な音とともに、

「篠崎肇くん、今からあんたの願いをひとつだけ叶《かな》えてあげる」

と唐突に宣言した。

「え?」

「何でもいいよ。言ってしまって」

中年男は両手を後ろに回し、腹をさらに突き出すようにして深くうなずいた。

「ただし、ひとつだけ条件があるけど」

「条件?」

「今から、私が五、数える間に願いを言うこと」

「え、えッ?」

「じゃあ、始めるよ。五、四、三」

「ち、ちょっと待って。そんな急に言われても——」

「二、一、ゼロ。はい、ブッブー」

男は両手で×のマークを胸の前で作って、首を横に振った。

「五数えるまでって言ったのに——残念、時間切れ。千載一遇のチャンスだったのに。出鱈目《でたらめ》でもいいから、どうして何か言葉が出てこないかな」

急な展開についていけず、声すら発することができない肇の前で、男はいかにも気の毒そうな表情で、胸の前の×マークを左右に揺らした。

「あ、これはあんたが駄目ってことじゃないから。これはあんたの優柔不断さを忌《い》んで、こっちにこないように、って封をするおまじない」

と中年男はひとつ咳払《せきばら》いすると、急に冗舌になって説明を始めた。

「テストで間違えた答えを書いて、×をつけられたことあるでしょう。あれは間違いを否定しているわけじゃなくって、間違いを封印してるの。ほとんどの人間がそのルーツを忘れてるけど、この×は雷から来てるんだ。ピカッていう稲光《いなびかり》を模したものがこの×。つまり、稲妻《いなずま》マークってことだね。どうして、雷のことを稲妻とか稲光とか、『稲』をつけて言うかわかる？　ちょうど夏の終わり、雷が鳴る季節に稲穂が実るのを見て、むかしの人間は雷が稲の先に実をつけていくと考えたんだ。このへんの人間のロマンチックなところ、結構、私好きだよ。『神鳴《かみな》り』とか当て字を作ってしまうところも同じく好き。もっとも実際のところ、あれは雷神のお勤め内容だから、当て字も何も、そのまんまなんだけどね。まあそれはおいて、この『神鳴り』の力で悪いものを封じようとしたのがこれ、×マーク。だから私もあんたの悪い部分が寄ってくるのを止める。あんたの優柔不断が、こっちに来ませんように——」

中年男の隣で、黒縁メガネの男も、おもむろに胸の前に×マークを作った。まるで馬鹿にされているかのように同じマークが二つ並ぶ前で、相変わらずひと言も返せない肇を見て、

「仕方がないなあ」

と中年男が大げさにため息をついた。

「せっかく、ひさしぶりに人間にラッキーチャンスを与えてあげようと思ったのに、このまま何もしないでおさらばするのも味気ないから、今回だけは特別におまけしてあげよう。えっと、何だって？　ふむふむ、あんたの口癖は『まず、はじめに』なのか。ああ、それはいかんな」

自分でもついさっき知ったばかりのことを指摘され、ギョッとした表情を見せる肇に、

「別に驚くことないよ。だって私は神だもの。あ、勘違いしてもらっちゃ困るけど、この格好は本体じゃないからね。人間が話しやすいだろうと配慮しての姿。このシャツなんか、私のデザインだから」

と複雑な模様が表面でゆらゆらと揺れ、いくら眺めても焦点が合わない、不思議な紋様の生地を男は指でつまんだ。

「じゃあ、その『まず、はじめに』ってのを取ってやるかな」

「え?」

「え?　じゃないよ。いつも悠長に、『まず、はじめに』なんて考えているから、咄《とっ》嗟《さ》のときに頭が働かないんだ。今だって、一生食うのに困らない大金持ちにもなれるチャンスだったのに、何もせずに見送っちゃった。まったく、何のための『まず、はじめに』だ。今のお前さんにはまるで必要のない、むしろ無用の長物だ。現にたった今、全部が逃げていった」

と男は力強い口調で断定すると、当人の返事もいっさい聞かずに、

「『まず、はじめに』よ、消え去るべし。『まず、はじめに』よ、消え去るべし」

と急に声を低くして繰り返した。

「よし、言霊できた。はい、口開けて」

「え?」

「ほら、さっさと口開ける」

その強引な調子に押され、つい肇が口を開けたところへ、中年男はいきなり右の手のひらを押しつけてきた。

「な、何するんですか」

「はい、言霊打ちこんだ」

何が何やらわけがわからぬ肇に向かって、中年男は急に明るい笑顔を見せ、

「じゃ、あとはがんばって」

と肩をぽんと軽く叩いた。

「キンッ——」

という先ほどと同じ音が、ふたたび耳元から一気に遠ざかっていった。続いて足元から湧《わ》き上がってきた強烈な光に、肇は反射的に目を閉じた。

まぶたの向こうでいよいよ光が強まり、足元が少しふらつくように感じられた途端、

「キャッ、何すんのよ」

という聞き慣れた甲高い声が鼓膜を打った。

驚いて目を開けると、いつの間にか、自分の右手が華奢な肩にのっかっていた。その先には首をねじってこちらを睨《にら》みつける、みさきの小作りな顔がある。

「ち、ちょっとッ。いきなり痛いじゃない」

「あ、あれ？」

「あれ？　じゃないわよ。自分で叩いてきて、何なの、いったい？」

慌《あわ》ててみさきの肩に置いた手を引っこめると、背後から横断歩道を右折待ちだった

車が通過する音が聞こえてきた。思わず振り返り、車のテールランプのあとを目で追った。ハッとして腕時計を確かめると秒針はちゃんと時を刻み、スマホも触れただけで、画面に光が点《とも》った。

「戻ったんだ……」

ぼんやりとした声でつぶやき、肇は交差点に顔を向けた。ちょうど真正面、肇の視線を迎え入れるように、神社の鳥居の影が、交差点を通過する車列の向こう側に浮かび上がっていた。

「どうしたの？」

我に返り、肇は「何でもない」と首を横に振った。

「仕事、大丈夫そうなの？」

「え？」

「さっきまで、電話してたじゃない」

「あ、ああ、あれは別に問題ない——」

「何だか、ぼんやりしているようだけど、本当に大丈夫？」

「う、うん、大丈夫」

とうなずいて、肇はもう一度鳥居に視線を向けた。先ほどの吊りバンドの中年男と、スーツ姿のメガネの若い男の姿はどこにも見当たらず、ただ暗い樹木と社殿の影だけがひっそりと暗闇《くらやみ》に佇《たたず》むばかりだった。

その三

いやはや、おつかれさま。

どうだった、今の？

はじめてだよね、こうして人間に生でアプローチする現場に居合わせるの。なかなか、スピーディーかつ柔軟に対応したと思うんだけど。意外と相手の話を聞くんだな、と思った？　それそれ、そこだよ。さすが、いいところ見てるね。

これも千年の経験ってやつかな。人間の心を操って、何でもかんでもこっちで決めてしまっても、結局はあとが続かないから。やっぱり、人間は自分の意思で決断しないとどうにも駄目だね。むかしならじゃじゃーんと派手に登場して、ビシッとひと言伝えたら、人間たちはひれ伏してそれを聞いて、めでたしめでたしだったかもしれないけど、もう時代がちがうからね。今の人間にそんなことしてみなよ。「どっきりですか？」とか言われておしまいだよ。

だから私は、いや、これは決して愚痴じゃないんだけれど、やれノルマだ、やれ結果だ、とそればかりやかましい上位の神々のみなさんには、ぜひ現実に目を向けてほしいと思うんだな。こういう数字にはなかなか表れない細かな対応についても評価してほしいと願うわけ。そもそも人間自体が今とむかしじゃまるでちがう。はっきり言って、ほとんど別の生き物だよ。男女の関係だって、いよいよややこしくなってきた。それを上位の方々はまるでわかっていらっしゃらない。

疲れないのかって？

そりゃ、うんざりすることはしょっちゅうだけど、人間がいて我々神がいるからね。それに、これが私のお勤めだから。いつだって、誇りを持ってお勤めしているから。確かに時間はかかるかもしれないけど、今回のように、まず相手の要望を聞いてから、丁寧に対応する、ってやり方をこれからも採っていきたいね。

あの男にかけた言霊はいつ頃、力を発揮するか？

そりゃもう、明日の朝からバッチリよ。あとはあの男の心がけ次第、うまくいくことを祈るばかりだ。

ひょっとして、こうして話している内容も書かれちゃうの？　なら、さっきの「誇りを持ってお勤めしているから」のところ、ぜひ強調しておいてちょうだい。

もちろん、お偉方へのクレームの部分は全部カットで。

そこは絶対、お願いね。

その四

篠崎肇の朝は早い。

起床から出勤までの間に、彼がその1LDKの部屋でやらねばならぬことは、それこそ山とある。

まず、朝食をとりながら、新聞を読む。株価・為替情報にざっと目を通す。ベランダの観葉植物に水をやり、茎についたアブラムシを取り除き、ときに整枝《せいし》する。出社の用意を済ませたら、最後に取りかかるのは昼食用の弁当作りだ。これらの作業をいっさいの無駄なく、流れるようにこなしていく。

篠崎肇は彼なりに、人生というものを謳歌《おうか》したいと思っている。

それは簡単に要約すると、たくさんの物事を経験したい、ということに尽きる。

そのためには、物事を効率よく消化せねばならない。人間、持ち時間は平等に限られている。ゆえに、肇は様々なものに順序をつける。順序をつけたのちは、厳格に遵《じゅん》守《しゅ》する。それを繰り返し実践することで効率化され、余剰の時間が生まれてくる。そこでまた別のことにチャレンジする。時は金なり、肇は時間というものを人一倍大切に扱う人間だった。

しかし、一方で問題もあった。

それは、順序が一度決まればいいのだが、彼自身の性格として、なかなかその順序自体を決められない、ということだ。たくさんの物事を経験したい。だが、途中でうまくいかなかったら、それまでかけた時間が無駄になりはしないか、という心理がどうしても働いてしまう。結果、なかなか決断に踏みきれない。

期せずして、みさきがディナーの場で指摘した言葉、

「まず、はじめに」

が口から出るときは、実のところ、彼のなかでまだ物事の順序が明確に定まっていない、というサインでもあった。デザート皿の四品盛りなら食べる順序の決断も早いが、たいていの場合、そこから長々と比較検討が繰り返される。

「理詰めで突き放した感じに聞こえる」

とみさきが告げたのもうべなるかな、まさしく理詰めの個人作業なのだから仕方がない。彼の志は崇高でも、その姿勢に対する周囲の客観的評価は今のところ決して高

くない。「まず、はじめに」は彼にとって、人生を築くための大事な一歩なのかもしれないが、逆にそれに拘泥《こうでい》するがあまり、その先に転がっているチャンスを逸しているのもまた事実なのだった。

その誰よりも順序を重んじ、実践を愛する男である肇が、今朝は起床してからというもの、どういうわけか動きが鈍い。寝起きが極めてよい体質のはずなのに、目覚まし時計の音とともにベッドから上半身を起こしたままぼんやりとしている。

同じ姿勢で十分が過ぎたところで、肇はようやくベッドから抜け出した。冷たい水で何度も顔を洗ったが、なかなか頭がしゃっきりしないので、コーヒーを飲もうとお湯を沸かした。テレビのスイッチをつけ、朝のニュース番組を眺めながら、どうも今日はいつもと感じがちがう、と肇はしきりに首をひねった。

家を出て、駅へ向かう途中、肇はハタと、今朝の新聞をまだ読んでいなかったことに気がついた。次いで、観葉植物に水をやるのも忘れていたことに気がついた。とどめは材料を買っておいたのに、弁当づくりまで忘れていたことに思い至った。

常ならぬ失策の連続に、にわかに動揺がこみ上げるなか、肇は駅のホームに滑りこんできた地下鉄に乗りこんだ。満員の乗客のなかで、肇は「あ」と声を上げた。この駅の近所に引っ越して三年、毎日決まったドアから乗っていたにもかかわらず、まるで別の場所から乗車したことに、車両の扉が閉まったのちようやく気がついたのである。

落ち着かぬ気持ちを抱えたまま、肇は会社に到着した。吹き抜けになったロビーを抜け、エレベーターに乗りこんだ。すし詰めの状態で、肇の所属部署のシステム営業部がある四階に到着するのを待つ間に、またもや「あ」と声を上げてしまった。

この混雑するエレベーターを嫌って、朝はいつも階段を使って職場に向かっていた。肇にとっての会社の一日は、この階段上りからスタートすると言っていいほどなのに、完全に失念していた。入社して五年。おそらく千回以上は繰り返してきた日課をすっ飛ばしてしまったことに、動揺からか、気持ち蒼白《あおじろ》い顔になって、肇は職場の自分の席に座った。

システム営業部では、グループごとに朝礼をする際、持ち回りで「朝の一分間スピーチ」を行うことになっている。そういえば、今日は自分の番だったと気づき、最近、何かおもしろいことあったっけ？　と考えを巡らせたとき、唐突に、鳥居の前に立つ二人組の姿が脳裏に蘇《よみがえ》った。なぜか、二人して胸の前で×マークを掲げている。しかし、その理由を肇はちっとも思い出すことができないのだった。

記憶を掘り起こそうとしているうちに、チャイムが鳴り、

「じゃ、朝礼するぞ」

とグループ主任が合図の声を上げた。メンバーの六人が立ち上がり、

「おはようございます」

と声を合わせる。主任が今日のスケジュールを告げるのを聞きながら、肇は最近、経理部にいる後輩から教えてもらった、ソフトウェア仮勘定の楽な処理についての話を「一分間スピーチ」の題材にしようと決めた。少々堅苦しい内容だが、これをピシッと決めて、朝から落ち着かない気分を引き締めようと考えた。

ところが、午後の会議時間のスケジュールを最後に伝えると、主任は「じゃあ、今日も一日がんばろう」と大きく手を叩き、さっさと朝礼を解散させてしまった。「あれ？」と突っ立っている肇に、

「どうしたんだ？」

とすでに着席した水森が声をかけてきた。

「今日は、『朝の一分間スピーチ』はないんですか？」

水森は訝《いぶか》しげに眉間《みけん》にしわを寄せ、「何だそれ？」と返すと、さっそく鳴り始めた机の上の電話に手を伸ばした。

何かがおかしかった。加えておかしい部分に、いずれも共通の要素が存在している

ような気がした。だがそれが何なのか明確にできぬうちに、

「福岡支店から問い合わせが来ている。ちょっと面倒そうだが、誰か対応してくれ」

と主任がパソコンをのぞきながら声を上げた。

「あ、やりますよ」

肇が手を挙げると、

「お、篠崎、やってくれるのか。めずらしいな」

と主任はやけに驚いた顔を向けた。

「どうしてですか？」

「だってお前、一度仕事をしたところじゃないと嫌がるだろ。福岡ははじめてじゃなかったか？　クセのある人、多いぞ」

「そんなの関係ないですよ。誰の話ですか、それ」

と言って、肇はさっそく主任からメールで送られてきたファイルを開けた。

午後の営業部合同の会議に、肇は水森とともにグループの代表として参加した。その場で肇は、膠着《こうちゃく》状態に陥っていた議論に対し、急に「すいません、ちょっといいですか」と挙手したかと思うと、

「たぶん、このまま、話し合っても答えは出ないと思うので、まずはやってみたらど

うでしょう。途中の工程は見えているので、問題は最初のとっかかりの部分です。グループ同士、連携してトライしたら突破口が見えるのではないでしょうか」

という意見を述べ、またもや進行係だった別のグループの主任に驚かれた。

「石橋を叩いても渡らないって有名な篠崎選手がどうしたんだ？」

と揶揄《やゆ》され、

「え、そんな風に思われていたんですか？」

と肇が驚くと、慌てて主任は次の議題に話を移してしまった。

「今日のお前、何だかちがうなあ」

と会議が終わったあと、水森に肩を叩かれても、肇は妙な顔で返すばかりで、自らの変化には気づいていないようだった。確かに彼自身、これまでと何かがちがうという感触はあったのだが、なぜか以前の感覚を思い出すことができず、変化を実感することがなかったのだ。

「今日も遅くなりそうだなあ」とぼやく水森に「そうですねえ」と相づちを打ちながら席に戻った肇は、

「あ、先輩のその英語の案件、僕やりましょうか。苦手でしょう」

と隣の机の上のＦＡＸの紙を指差した。

「ああ、すげー助かるわ。じゃあ、俺、これから外に出る用事があるから、お前の社外の仕事、一件あっただろ？　それ、ついでに回ってきてやるよ」

「あ、本当ですか？　ありがとうございます、助かります」

「いや、こちらこそだよ」

毎日続く残業の疲れは、常に身体《からだ》の底でくすぶっている。それでも、ひさしぶりに何だか気分がいいぞ、と思いつつ、わずか一時間かそこらの会議の間に、三十件近く舞いこんだメールの処理に、肇はひとつ大きく伸びをしてから取りかかった。

その五

やあ、おかえり。

どうだった、あの男の様子は？

でしょう、そうでしょう。

まあ、私が本気を出したら、こんなもんよ。問題の核心を的確に見抜いて、そこへ言霊を打ちこむ。え？　別に見抜いてはいないんじゃないかって？　う、うん、確かに今回は言われたとおりにやっただけかもしれないけど、それでもうまく言霊が作用するかどうかは、別の話だからね。

もともと素材は悪くない男だったんだろうな。真面目《まじめ》に己を磨こうとする気概もちゃんとあるようだし。見こんだとおりだよ。つっかえていた部分を取り去ったことで、このままいい流れになってくれるとありがたいんだけどね。あ、私だって一応相手を観察して、手を差し延べるに足る人間かどうかの見極めくらいはしてるよ。やっぱり魂の汚れている相手だと、こっちも気分が乗らないからね。もっとも、最近の若い人間は、はっきり汚れているとわかる魂を持つほうが少なくて、代わりにやけに萎《しお》れた感じの、何と言うか、捉《とら》えづらい魂を持ったのも多くてね。言霊がなかなか浸透しなくて困るんだよ。あ、このへんも最新事情として、本に使ったらいいよ。何せ、上の方々の「最近」って、平気で百年前を指すことがあるからね。

そうそう、最新事情といえば、今週末はいよいよウチの神社の秋祭りだね。もちろん、あんたも取材に来るでしょ。正月の次にウチの神社が賑《にぎ》わいを見せる日だから。いかに私が人間たちに慕われているか、ぜひ間近で目撃してよ。本の中身にも彩《いろど》りを添えると思うんだな。今でも結構、祭りが男女の間を取り持つもんでね。かき入れどきになるから、見こみがありそうな男女に手当たり次第、声がけしたり、言霊を打ちこんだりするつもり。

今回の結果がわかるのは――、そうだね。

ゆったり三カ月をとって、ちょうどクリスマスあたりにヤマが来るかな。

宗派的にクリスマスをあてにするのはおかしくないかとか、野暮な指摘はナシね。

だって一年で最高の稼ぎどきだよ。それはもう、クリスマスさまさまだよ。その前後はどんどん成就《じょうじゅ》させていくし、新規の声がけにも励んで、言霊をびしばし打ちこんでいくよ。毎年それこそてんやわんやで、あそこの一週間は戦場、そう、まさに戦場なんだよ。

しまった、つい興奮して言霊を出しちゃった。

あ、風に吹かれ、車のほうに飛んでいく。

わ、玉突き衝突だ。次から次へ大事故だ。ワオ、火が出てる。みんな逃げろ逃げろ。

ひゃあ、まるで戦場だね。

これって、私のせい？

やっぱり……そう？

もちろん、本には書かないよね。

その六

クリスマス・イヴはどこかでおいしいものを食べようよ、という肇の提案に、みさきはこの前連れて行ってもらったフレンチレストランにもう一度行きたい、と答えた。どうして？　と理由を訊《たず》ねる肇に、

「だって、この前はカッカしていて、ちっとも味がわからなかったから。滅多にあんないい店行けないのに」

とみさきは照れた様子で笑った。その言葉に、肇は何の話でそんなにカッカしたのだっけ？　と思い起こそうとしたが、たった三カ月前のことなのに、なぜかひどく記憶があいまいだった。最近忙しすぎたせいかなあ、と首をひねりながら、肇は要望どおり前回と同じ店に連絡を入れ、普段よりずいぶん割高に設定されたクリスマスメニューのコースディナーを予約した。

「おめでとう」

クリスマス・イヴ当日、予約したレストランで、二人はシャンパンで乾杯した。この「おめでとう」は、週はじめに発表された、新しいプロジェクトの若手リーダーに、

肇が抜擢《ばってき》されたことへのお祝いの言葉だった。

「ありがとう」

「何だか、この二、三カ月で変わったよね、肇くん」

「そうかなあ、相変わらず忙しいし、みさきとも全然会えないし、何も前と変わってない気がするけど」

「ううん、ちがう。だって、話していても、とても楽しいもん。それに何だか頼もしくなった気がする」

わからないなあと苦笑する肇に、みさきは、

「そう言えば最近、全然言わなくなったね」

と急に真顔に戻って告げた。

「え、何を？」

「口癖」

「口癖？　そんなのあったっけ？」

「この前、この店で私が言ったでしょ。その口癖が嫌だって」

「ああ、そう言えば……えっと、何だったっけ？」

みさきは首を傾《かし》げる肇の様子をじっと見つめていたが、

「いいの、別に思い出さなくても」

と相手の顔の前で手を振ると、

「さ、食べるぞー」

とさっそくやってきた前菜を前に、やる気に満ちた顔でフォークとナイフを手に取った。

和気藹々《わきあいあい》とした雰囲気のまま楽しく食事を終え、レストランをあとにした二人は、三カ月前と同じく閑散とした道を、地下鉄の駅目指し進んだ。

「ねえ、みさき」

と肇は先を歩く、ふかふかの白いコートに包まれた背中を呼び止めた。

マフラーを巻く動きを止め、振り返ったみさきに、

「あ、あの、来年あたり、結婚しないか」

と口元から白い息をくすぶらせ、唐突に告げた。

みさきは顔を後ろにねじったまま、固まっていたが、

「何、今の。プロポーズ？」

と低い声で訊ねた。

「来年は頭から新しいプロジェクトがあるから前半は難しいけど、後半に式を挙げよ

「いいの私で？　そのプロジェクトだって、半年で終わるかどうかわからないし、後半はもっと忙しくなるかもしれない。来年、どうなってるかなんて、わからないよ？」

「全然、構わない」

と肇は強くうなずいた。

「いや、むしろ、それでいいんだ。だからこそ、何が起こるかわからないからこそ、二人でいっしょにいる意味があるんだよ。逆に全部が決まっていたら、そんなのつまらない」

と肇ははっきりした口調で伝えた。

「本当に変わったね、肇くん」

みさきはまぶしそうに肇を見上げ、ほのかに充血した目で笑った。

「前はあんなに一歩目にこだわっていたのに。なかなかその先に私を入れてくれなかったのに」

「確かに一歩目は大事だけど、それがすべてじゃない。それより、そのあと二人でずっと歩き続けていくことのほうが大事だと思う」

そこでふと何かに思い当たったか、「一歩目……」と一瞬、肇は不思議そうに首をかしげたが、すぐさま視線を戻し、

「あ、あの――返事は？」

とつっかえながら訊ねた。

「もちろん、よろしくお願いします」

とみさきはマフラーを手で押さえ、丁寧にお辞儀した。

顔を上げたところで、しばし二人で見つめあった。

急な引力が発生したかのように、お互い顔を近づけようとしたとき、肇のコートのポケットでスマホの振動音が響き始めた。

「ああ、何だよもう」

「会社？」

「たぶん。まだ残っている後輩がいるんだ」

「出ていいよ。困ってるんだよ、きっと」

肇はポケットからスマホを引き抜くと、「ごめん」と言って電話に出た。

みさきは両ポケットに手を差しこみ、澄んだ星空を見上げ、先ほどのプロポーズのシーンを思い出したのか、口元に笑みを浮かべながら、

「やりましたなあ――篠崎くん」

と白い息とともに、誰に聞かすでもなくつぶやいた。視線の先の信号が青に変わったのを見て、マフラーの位置を直し、みさきは先に横断歩道を渡り始めた。四車線を貫く横断歩道の半ばまでみさきが進んだところで、やっと置いていかれたことに気がついた肇が、

「そのファイルは、明日みんなでやるからもういいよ」

とやりとりを続けながら、遅れて横断歩道へ向かった。

「じゃあ、また明日。おつかれさま」

と通話を切り、肇はみさきの背中を追った。青信号が点滅し始め、ちょうどみさきが横断歩道を渡り終えたところで、

「ごめん、ごめん」

と追いつき、その華奢な肩に背後から右手を置こうとした。

その瞬間、

「キンッ」

という硬質な音が、いきなり耳元をすり抜けていった。同時に、目を開けていられないほどの強い光が、正面から、いや正確には足元から一気にせり上がってきた。

＊

しばらく経って、まぶた越しに光が消えたことを確認し、みさきはおそるおそる目を開けた。

みさきの目の前に、鳥居がそびえていた。

どこかで見覚えのあるアングルだな、とみさきが思ったとき、

「おめでとう、お嬢さん」

という声が背中から聞こえてきた。

振り返ったみさきの正面に、二人の男が立っていた。

「あ」

と声を上げたみさきに、

「おひさしぶり」

と左側に立つ、吊りバンドをした小太りの中年男がにこやかな笑みを向けた。

「思い出したかい？　私に会った記憶は、ここでしか戻らないからね。こうして話していることも、元の流れに戻ったらすぐに忘れちゃうから」

みさきはしばらく二人の顔を見比べていたが、

「どうも、ありがとうございました」

とぺこりと頭を下げた。

「いいのいいの、こっちも仕事だから。それにしても、お嬢さんの言ったとおりになったねえ」

とかなり冷えこんでいるにもかかわらず、長袖のシャツ一枚でもまったく平気そうな様子で、中年男は吊りバンドに親指を通して笑った。

「滅多にないめずらしい願い事だったし、正直なところどうなることやら、と思ったけど、こうもうまくいくとはね。普通は『縁結びの願い事を叶えてあげる』と持ちかけたら、すぐに誰々とくっつきたい、って返ってくるもんなんだけど、お嬢さんは『相手のこういうところを直して、しかるのち自分にプロポーズしてくれるよう仕向けてほしい』と来た。私も千年、この仕事をしているけど、今回ばかりは勉強になったね」

中年男の隣に立つ、黒縁メガネの若い男が、話を合わせるように、

「お見事でした」

と静かにうなずいた。

「あの――」とみさきが控えめな声を上げた。「私たち、これからうまくいくんでし

ようか？」

「それはお嬢さんたちの努力次第だね」

と中年男は出っ腹をさらに突き出し、引っ張った吊りバンドから親指を離して「パン」と鳴らした。

「最近は本当に、別れる男女の数が多くってね。せっかく、こっちが苦労して成就させても、呆《あき》れるくらい些細《ささい》なことで別れてしまう。それも全部、結果責任として、私の成績にカウントされるからたまんないよ。若い連中だけじゃなく、熟年夫婦だってどんどん別れるご時世だからね。それでいて、ノルマの数字は変わらないんだから……。あ、これはお嬢さんには関係のない話か」

と中年男は話を止《や》めると、みさきの表情に気づき、

「まだ、何か心配ごとでも？」

とのぞきこむようにして訊ねた。

「あの……力が解けて、またむかしの肇に戻ってしまう、ってことはないんですか？」

ああ、とつぶやいて、中年男はカラカラと笑った。

「それは心配ない。そもそも私の力なんて、とっくにあの青年から消えているよ」

「え？」

「私の力はせいぜい一週間くらいしかもたない。それから先は、人間が自分で何とかする。私はなかなか一歩目が踏み出せないあの男の背中を、多少強引にでも後押ししただけさ。一歩を踏み出したら、あとは意外とうまく歩き始めるもんだよ。見かけによらず、人間はタフな生き物だからね。だから、もっと相手のことを信頼してあげなさい。信頼こそが、長続きの唯一《ゆいいつ》の秘訣《ひけつ》だ」

　中年男は振り返ると、黙って背後を指差した。ちょうど交差点の向こうに、横断歩道を渡りきろうとする肇の姿が見えた。ただ、当のみさきがここにいるため、肇の手は不自然な格好のまま虚空《こくう》に差し伸べられ、何とも滑稽《こっけい》な眺めになっている。

　みさきの目の前では、信号待ちのタクシーの運転手が大口を開けたまま、いつになっても口を閉じようとせず、永遠のあくびをしていた。もはや、時間を止めている真っ最中だという説明もないまま男は、

「では、二人の幸せがいつまでも続きますように。別れたら私の減点になるから駄目だよ」

　とみさきの肩をぽんと軽く叩いた。

　その瞬間、

「キンッ」

という音が、みさきの耳元から一気に遠ざかっていった。続いて足元から湧き上がってきた強烈な光に、みさきは反射的に目を閉じた。

まぶたの向こうでいよいよ光が強まり、足元が少しふらつくように感じられた途端、肩に鈍い衝撃を受けた。

「キャッ、何すんのよ」

予想していたこととはいえ、結構な痛みにみさきは思わず強い調子で振り返った。

「あ、ごめん、ごめん」

みさきの肩から慌てて手を離した肇が、「あれ?」と裏返った声を上げた。

「どうしたの?」

「いや、前にもこれと似たシチュエーションがあったような……」

気のせいじゃない? というみさきの声を聞きながら、肇は周囲を見回した。交差点の向こうの鳥居に視線がぶつかったところで、しばらく不思議そうな表情で止まっていたが、

「行くよ」

とみさきに手を引かれ、ふらふらと進み始めた。

地下鉄入り口の照明が見えてきた。「さっきの電話はもういいの？」と訊ねるみさきに、「大丈夫だよ」と肇はうなずくと、

「ねえ、みさき」

と急に立ち止まった。

「さっき、電話が入って邪魔されたけど」

二人の顔の影が急に近づいたかと思うと、しばらく静止したのちそっと離れた。

肇がふたたび歩き始め、その腕を取ってみさきが隣に並ぶ。しばらく進んだところで、みさきは振り返った。遠ざかる交差点の先にひっそりとたたずむ鳥居に向かって、短く舌を出すと、「バイバイ」と声を出さずに小さく手を振ってから、何事もなかったかのように前に向き直った。

その七

はいはい、おつかれさま。

あんたのほうも三カ月もの長い間の取材、たいへんだったね。

最後にずいぶん洒落《しゃれ》たことをする女の子だったなあ。あんなこと急にされたら、ひ

ょっとして私たちのこと見えてるのかな、ってドキッとしちゃうよ。

これにて今日は店じまい、成就させたのは——、ちょっと待って、数えるから。

それにしても、女はこわいねえ。今までもこわかったけど、さらに輪をかけてこわくなっている気がするよ。今の二人に声がけした日のことを思い返してごらんよ。さすがの私も、「まず、はじめに」を男から取り除くことで、プロポーズまで持っていけるとは思わなかったもの。でも、あのお嬢さんはきっとうまくいくと信じていたからね。直感というやつなのか、何なのか、ときどき神をも凌《しの》ぐから参っちゃうよね。

はじめはめんどくさい手順だなあ、と思ったけど、やってみると、意外と楽しかった。あんたも、取材していてそう思ったでしょ？　男の内面と周辺から根こそぎ、はじめの一歩になりそうなものを取っ払ったのはおもしろかったな。久々に神通力を盛大に使ったよ。よし、集計完了。今のでちょうど三十組目の成就だ。いやあ、今日は働いた。

ところで、こっちも教えてもらいたいんだけど、取材をまとめて本になるのはいつごろになりそう？

ふんふん、調査書として二月には完成する予定——。

二月って、年が明けたらすぐじゃない。完成が楽しみだなあ……って、あれ？

今、調査書とか言わなかった？

何だい、この名刺。

え、覆面調査員？　フリーランスのライターじゃないの？

ま、待ちなさいよ。調査って何のこと？　そんな話知らないよ。

昇進のための内部調査？

今回の調査結果を、お偉方の会議にかけて、ひとつ空いた上級の神社で新たにお勤めする神を決める、そのための調査？

わ。わわわわわ。

聞いてない、そんなの聞いてない。

聞いてないから、覆面調査員？　そんな正論いらない。

そ、それで、その……、正直なところどういう評価なの私？

結構、いい線いってる、ホウホウ、でも、成就の数が少し足りないかもしれない、数字を重視するお偉方もいるから、そこがネックになるかも……。

わかった、ちょっと、今から外に出てくるわ。今日は何だか調子がいいから、もう少しお勤めしたい気分だわ。

お、あんたも付き合ってくれるのかい？　覆面調査員なのに、ずいぶんよくしてくれるんだね。まさか、私がいなくなったあとの、この神社のポストを狙《ねら》っているとか？　図星？　早く土地付きの神になりたい、もうフリーはこりごり？　そうなんだ、あんたにもあんたなりの、切実な事情があったんだな。

ほら、ちょうど向こうから男女がやってきた。

交差点の横断歩道を渡るみたいだ。

この場所に交差点ができたときから、男女二人組に声がけするときは、先に渡ったほうに話しかける、ってルールにしているんだ。それで、あのお嬢さんにまず声がけしたってわけ。

おや、あんた、もう準備完了だね。しかも、またその地銀営業マンみたいな格好だ。そのチョイスどうかと思うよ。やっぱり私みたいに、オシャレにいかないといけないよ。神たるもの第一印象が大事だから。あれ、何で笑ってんの。感じ悪いね、あんた。

そんなこと言ってるうちに横断歩道渡っちゃうよ。急いで準備しなくっちゃ。

時間よ止まるべし。

時間よ止まるべし。

はい、言霊できた。

さあ、神のお勤めの時間だ。

当たり屋

その一

遠路はるばる、ようこそお越しくださいました。

おや、ずいぶん美しい色合いを発していらっしゃる。ほう、萌葱《もえぎ》をアレンジしているのですか。少し青みがかっている様子が、とてもさわやか、うるわしい。

私も以前は、いや、以前と言っても、六百年ほどむかしの話ですけれども、一色に染まることこそ潔《いさぎよ》くて、みやびやかかな、なんて思っていた時期もあったわけです。

でも、どうも自分には似合わないと気づきまして。そこで試しに二色、三色と足していったら、これがしっくりくる。ならばと五色、十色と加えていったら、いよいよ悪くない。それからは、このようにちりばめる路線に変更しまして、今に落ち着いた次第。途中から数えるのやめちゃったから、いくつだったかな……。一、二、三——、うん、百三十七色ちりばめています。

お褒めのお言葉、どうもありがとう。うふふ、素敵だなんて言われたら、何だか照れちゃうね。

では、改めまして、自己紹介を。

私めが、この神社を預かる神でございます。

この場所で「縁結び」のお勤めを続けながら、ざっと千年の歳月を過ごして参りました。

昇任に伴う異動の知らせが届いてからというもの、この日が来ることを、首を長くして待っていた次第で。昨日もそわそわ、今日も朝から舞い上がってしまって。

いやいや、ご心配なく。

引き継ぎの準備は、指示書どおりに万事完了しています。こう見えても、細かい手順を逐一守ることに関しては、定評がありますから。いつだって、ルール第一。神法絶対遵守《じゅんしゅ》の精神で、お勤めを果たして参りました。

さ、さ、そんなところで漂っていないで、どうぞこちらへ。

そうですな。鳥居を潜《くぐ》るには、もう少し小さくなっていただかないといけないかな。

お、素早い。あっという間にサイズを修正した。収縮が非常になめらか。かなりの腕前とお見受けしましたが、どちらのほうで修行を――？　あら、先に行っちゃった。

進むのも――、なかなかお速いのですな。それで、いかがでしょう、ウチの神社のご印象は？　いや、もうウチじゃないのか。こうしてあなたが来られたのだから。でも、引き継ぎが終わるまではウチって言ってもいいかな。そうなんです。結構、陽の光が入る、ナイスなロケーションなんです。近ごろは、ビルに囲まれた神社も多くて、どんなときもビルの隙間《すきま》で窮屈そうに日陰になっているのを見ると、気の毒になっちゃう。では、まず、こちらの手水舎《ちょうずや》から――。

ご覧のとおり、参道脇《わき》のあじさいも、そろそろ花を咲かせ始めるころで。ちなみに、あれがこの神社の神木。このあたりは一度、空襲で派手に焼けちゃって。それまでは大きなイチョウを神木にしていたけど、そのとき、まわりといっしょに燃えてしまって。それからは、マテバシイが神木としてのお役目を果たしてくれているわけで。ご存知のとおり、われわれの存在の源であると言っていい……。あら、また先へ行っちゃった。

ちょっと待って……。結構、アクティブな御性格であられるのですな。左様、舞殿《まいどの》の向こうに見えるのが本殿です。午後になると、このあたりをよい案配に風が抜けていきまして、こぢんまりしているけれど、とても居心地のいい社《やしろ》なので、きっと、あなたも気に入ってくださるかと。

ところで、私のほうからも少し質問よろしいか。いえ、指示書には、本日後任の神が到着するとだけあって、まだあなたのこと何も知らないものですから。
ここに来る前はどこでお勤めを？
ほう……、はじめて聞く土地の名前ですな。申し訳ない、存じ上げませんで。はは
あ、ニュータウン。そちら系ね。ということは、ニュータウンに新しく勧進された神
社でお勤めを？　ちなみに、それは縁結びの神社？　へえ、新造されたものだから、
特に限定せずに何でもやった――。なるほど、農業も林業も漁業もしない人間があち
こちに住むようになって、これまでの専門性重視のやり方では対応できないから、ハ
イブリッドなお勤めが認められるようになった先駆けのあたりですな。
確かに、私も縁結びがメインではあるけれど、もちろん、他ジャンルの願い事にも
対応するわけで。でも、ここが縁結び神社だってことは、人間たちにもそこそこ周知
されているし、期末の査定がいつも縁結びの成果を対象にするものだから、必然縁結
びにばかり仕事が偏《かたよ》ってしまって、専門外の願い事を引き受けるのは、十回に一度、
いや、二十回に一度あるかないか、というのが、実際のところだけれど――、って、
私の話は別にいいんだよ。
それで今は、ニュータウンの神社はどんな具合に？　なるほど、ずっと住み続けて
いる老人に対し、若者がめっきり入ってこなくなったものだから、「長寿」にまつわ

る願かけが激増――。世相の移り変わりを感じる話だなあ。ということは、これまでの経験は、そのハイブリッドなお勤めのみ？　しかも、ニュータウンってことは、ここ数十年の話でしょ？　雰囲気よりもあなた、ずっと若い神なんだ。それにしては落ち着いているなあ……。はじめての縁結びのお勤めになるのに、全然緊張している様子がない。いやいや、嫌味じゃないですから。感心してるんです。私なんか小心者だから、きっと、次の着任場所に着くなり、引き継ぎの神に根掘り葉掘り、お勤めのことを訊《き》いてしまうと思うもの。

さっそくですが、期末に提出する収支書のことを説明していいかしら。こぢんまりした規模のウチの神社なれど、やれノルマだ、やれ定期の報告だと、それなりにめんどうなことが多くてね。でも、やり方次第で負担を減らすことができるから、そのへんのテクニックを……って、まてまた先へ行っちゃった。

まあ、そうだよね。これから長い間、お勤めする場所だし、気になるよね。

わかりました。ごゆっくりどうぞ。ただ一点だけ、御注意を。本殿の隅のほうに置いてある箱は私のものだから。同じく表面に百三十七色ちりばめているから、すぐにわかると思うけれども、それには触れないでね。じゃあ、気が済んだら、ここに戻ってきてください。

ふう……。

何だか、疲れるね。

こんなもんなのかなあ、今どきの若い神って。

ねえ――、あんた。どう思う?

＊

ほら。

あんただよ。あんた。

呼んでいるのだから、こっちに来なさいよ。

そんなところで、いつまでいじけているの。さっきから鳥居の後ろでこそこそして、みっともないったらありゃしない。笑われるよ、往生際《おうじょうぎわ》の悪い神は。

そもそもね、あんたがこの神社を引き継ぐ後任候補として有力だなんて、誰が言っていたの。そりゃ、レポートを書いてくれたのは、あんただよ。それがお偉方の間で好評を博して、今回の昇任につながったんだから、感謝の気持もこめて、あんたのことは応援していたよ。でも、勝手に期待しておいて、うまくいかないからって勝手に恨んじゃいけないよ。

何ぶつぶつ言ってんの。全然、聞こえない。

あやしい？

誰が。

今の後任さん？

あんたねえ……、神の嫉妬《しっと》は見苦しいよ。ねたみ、ひがみ、そねみ——、人間が願掛けのときに持ちこんでくるネガティブ三姉妹ほど、扱いに困るものはないって常々私も言っているじゃない。それを率先してあんたが発揮してどうするの。

いや、それよりも、何で今日、わざわざ来たの。何が楽しくて、己《おの》が心を無用に痛めつけるの。

何ですか、この紙は？

これって依頼書じゃない。上級神のサインもばっちり入っている。なになに——、前回に引き続きレポートの作成を依頼する。今回、取り上げる対象は「引き継ぎ業務」とする云々《うんぬん》。

ちょっと、待ち。

ということは？

また、この前みたいに、あんたがここに張りついてルポするってこと？　もちろん、その新しいレポートには私が登場して、常に真摯《しんし》な姿勢でお勤めに励み、引き継ぎを誠実に完了させる、好感度満点の私の姿が、またお偉方の目にたくさん触れる、ってこと？

ハハア……。

なるほどね。

今日は――、よく来たね。

とても会いたかった。私って、ほら、知っていると思うけど、どうにも素直じゃない性格でさ。面と向かってだと、何だか気恥ずかしくて。代わりについ憎まれ口を叩《たた》いちゃうんだよね、本当は会えて最高にうれしいのに。

改めまして、ようこそ、私の神社へ。

何で、そんなによそよそしく離れているの。近う。もっと近くに寄ってきなさいよ。思う存分、ルポして頂戴《ちょうだい》。聞きたいことがあったら、何でも聞いて。今日のうちにさっそく、この神社の引き継ぎをあまねく知らせる神事を執り行うつもりだから、きっといいネタになるよ。千年前の引き継ぎの際に、前任の神に見せてもらったきりだったから、どういうものか、さすがに忘れちゃって。資料を探して、知り合いにも聞いて、準備にかなり時間をかけたからね。

ところで、あの後任さん、本殿に行ったきり帰ってこないけど、どうしたのかな。そういえば、さっき、あんた、「あやしい」とか言っていたけど、あれ、どういう意味？

ん？

今、向こうで何か光らなかった？「キンッ」て音といっしょに。やけに私が言霊《ことだま》を発するときの神音《しんおん》に似ていたような。

まさか。

誰かが勝手に、人間に言霊を放ったってこと？

でも……、誰が？

その二

早く、右膝《ひざ》の痛みを治してほしい。

それが男の願い事だった。

競馬場に行こうと駅に向かう途中、急に神社に立ち寄る気になって、鳥居を潜り参道をふらふらと進んだ。本殿の賽銭箱《さいせんばこ》の前で百円玉をいったん財布から取り出したが、もったいないからと五円玉に取り替え、それを放り投げた。箱の木枠にぶつかって、からんと音を立て硬貨が落ちる間に、適当に手を叩いた。

もっとも、願い事を聞いてもらえるものなのかどうか、男には自信がなかった。むしろ、聞いてくれるはずがない、とも思った。なぜなら、膝が痛む原因が原因だからである。

十日前のことだ。

男は車に接触し、乾いたアスファルトの上に弾《はじ》かれた。小学校の裏手を通る細い道路を走っていた、年配の女性が一人で運転する車と、男の漕《こ》ぐ自転車が、十字路で出会い頭にぶつかったのである。いかにも上品そうな女性が運転席から血相を変えて飛び出してきた。完全に気が動転している相手の前で、男はのろのろと身体《からだ》を起こし、膝が痛い、背中が痛い、頭も痛い、とうんうん訴え、すぐに警察を呼びます、と慌《あわ》てふためく女性に、母親が危篤《きとく》でこれからまさに実家に新幹線で向かう途中であるため、警察に事情を話す暇はない、一秒でも早く駅に行かなければならないのだ、と理由を並べ立て、怪我《けが》は病院に母親を見舞ったついでにそこで診てもらう、警察には帰ってきてから事情を話すから、と約束し、取りあえずということで、その場で現金七万円を女性から受け取った。後日の連絡のために名前と住所を交換したが、もちろん男が手渡したのは、すべて出鱈目《でたらめ》の情報である。

男は当たり屋だった。

あるとき、名前だけはどこかで聞いた覚えのある映画監督が、

「映画監督なんてものは、映画を撮影しているときだけ仕事をしていて、それ以外の時間は無職のようなもんだ」

と言っているのをテレビで観《み》て、何だ俺みたいだな、と思った。男も四六時中、当たり屋であるわけではない。車に接触し、派手に転び、現金をだまし取るまでのわずかな時間だけが当たり屋だ。二十三歳の頃から当たり屋稼業《かぎょう》を続けているが、車に当たるのはせいぜい三カ月に一度、もしくは半年に一度という程度である。

男の名前は宇喜多英二《うきたえいじ》という。先月、二十六歳になった。

最近、当たり屋としての技術が衰えてきたように男は思う。小さくかすった程度で大騒ぎする、いかにもケチな当たり屋ではなく、車にちゃんとぶつかったのち、転倒するというパターンを男は採用していた。音と衝撃が伝わったほうが相手に否応《いやおう》なしに罪悪感を抱かせ、その場でスムーズに金をだまし取ることができるからだ。車にほんの一ミリかすった程度で大げさに転がり、あとから首が痛むだの、筋が違っただのと言い立て、ねちねちと金を搾《しぼ》り取る陰湿なやり方は、男の性に合わなかった。

以前は一日二日経《た》てば、地面に転がった際のダメージはケロッと治まった。しかし、近ごろはどうも痛みが長引く。今度のやつは十日経っても、少し踏ん張っただけで、膝の内側がズキリと来る。もちろん、病院には行かない。そんなところで金を使ってしまったら、本末転倒もいいところだからだ。

そこで、ふらりと神社を訪れた。

痛みをどうにかしてほしいと神頼みに来たのである。

しかし、と男は思う。

神様とは、邪《よこしま》な原因にもとづく結果であっても、何でもかんでも面倒を見てくれるものなのか。そんな都合よくいかない気はするが、少しでも信心を見せておこうと、賽銭箱の前で手を合わせ、目を閉じたときだった。

「キンッ」

という硬質な音が鼓膜を鋭く駆け抜けた。

まぶたの向こうで、何かが派手に光った感覚に反射的に目を開けた。

「うわッ」

と男はあたりに響くほどの甲高い声を発した。膝のことを忘れ、跳ねるように後退《あとずさ》った拍子に、嫌な痛みが膝の内側でズキリと主張した。

いつの間にか、男の右側、ほとんど密着するくらいの位置に、見知らぬ女が立っていた。

「こんにちは、宇喜多英二」

いきなり、女は男の名前を呼んだ。

「そんなに驚かなくてもいいでしょう。自分でお願いしておいて」

「お、お願い？」

「だって、手を合わせているじゃない」

胸の前で合わせたままの手を、男が慌てて下ろすのを見て、「ほら」と女は笑った。若い女だった。絵に描いたように正確な笑顔とともに、真っ白な歯が唇からこぼれ落ちた。男は一歩、二歩と、膝を気遣いながら女から離れた。

女は単色のワンピースを纏《まと》っていた。緑なのか、青なのか、その中間あたりのやわらかな色合いの生地だった。しかし、なぜかそれがふわふわと浮いているように見えた。水に浮いた油の膜のような動きで、ワンピースの生地の表面を色が漂っている。

「ははあ、宇喜多英二。ずいぶん、弱い人生を送ってきたね」

女は目を細め、スレンダーな身体を揺らした。それに釣られて、ワンピースの色が棚引く。

「中学生の頃のカツアゲに始まって、自動販売機の釣り銭ドロ、高校生になってからは名簿の販売、芸能人の偽造サインをオークションに流す、最近じゃ、振り込め詐欺《さぎ》の手伝いまでもやってる。ここに来る前に寄ったところで、それをやられて痛い目に遭った人間がいっぱいいたわよ」

「あ、あんた、何者だ……」

「私？　私は神よ。この神社の神」

女は男の膝に視線を落とし、

「それ、車にぶつかったんだ。また、ケチなことして稼いだものね。ふうん、当たり屋って言うの。おもしろいね。都会はやっぱり、いろんな人間がいるな」

とフフフと鼻で笑った。

「け、警察か——？」

「違うわよ。だから、神だって」

細い眉《まゆ》の間にしわを寄せ、女は「ほら」と急に空を指差した。それに釣られて男は頭上を仰いだ。一羽の鳩《はと》が、薄曇りの空を背景に停止していた。羽を広げた状態で、ぴたりと宙に浮いている。

ポカンと口を開けたまま声が出ない男の前で、

「あー、何だよー」

と急に女は調子の外れた声を発した。

「もう、こっちに来てる。どうして、バレたのかな。音が聞こえたのかな。あのメチャクチャな色遣いを見せられるのは、もう勘弁だって。くらくらしてくる」

顔を戻した男の前で、ワンピースの色がゆらりとなびいた。

「宇喜多英二——あなた、当たり屋なんでしょ。おもしろそうだから、手伝ってあげる」

「手伝うって……」

「わたしが面倒見てあげるってこと。立派な当たり屋にしてあげる」

「な、何を言ってんだ？」

「感謝しなさいよ。今日じゃなかったら、あなたなんか、相手にもされなかっただろうから。じゃあ、まず願い事のほうから先に叶《かな》えてあげようか。その膝はわたしの力でも、何とかなるかな。こんなことするの、ひさしぶりよね、フフフ」

女は拳《こぶし》にした状態の右手を、顔の前に持ってきた。いかにも大事そうに手を開いたが、そこには何もない。しかし、歴然と何かがあるかのように、女は手のひらにふっと息を吹きかけ、視線を男の膝に落とした。刹那《せつな》、ジーンズをはいているにもかかわらず、男は痛む膝のあたりに冷気を感じた。

「次は当たり屋のほう。袋には何回分入っていたかしら？　一、二、三……。まあ、いいや。全部、使っちゃえ。ねえ、あなた。ロクでもない人生送っているくせに、こんないい目に遭う人間なんて滅多にいないんだから。わかってる？」

今度は胸の前に持っていった両手を、女は「パン」と音を立てて合わせた。生地の表面を移ろう色合いが、一瞬だけ、よりいっそう騒いだように見えた。両肘《りょうひじ》を外側に突き出し、力をこめるように腕を震わせたのち、

「当たりに当たるべし、当たりに当たるべし――。ハイ、言霊いっせいにできました」

と手を離した。やはり、男の目には何も映らなかったが、女は開いた手の内に、とても大事なものを抱える仕草とともに、

「じゃあ、口を大きく開けようか。ヨッ、当たり屋！」

と白い歯をこぼし、一歩前に進み出た。

＊

妙な気分のまま、鳥居を潜って、宇喜多英二は駅に向かった。

電車に揺られている間、何かを忘れている気がして仕方がなかったが、思い出すことができない。

競馬場の最寄り駅で、乗客はどっと降りた。

足早に改札への階段に向かう人の波に揉《も》まれ、ようやく気がついた。階段などもってのほか、上下の移動には常にエスカレーターかエレベーターを使っていた自分が、周囲の人間と同じスピードで、すたすた階段を上っていることを。つまり、膝の痛みが完全に消えていた。

改札を出たところで英二は立ち止まり、膝の様子を確かめた。ねじっても、伸ばしても、屈《かが》んでも、痛みがない。ジーンズをめくり上げ確かめてみたら、赤黒いアザがすっかり消えていた。

今朝起きたときは残っていたか、昨夜、風呂《ふろ》に入ったときはどうだったか。思い出そうとするが記憶にない。ただ、膝の痛みのことなら覚えている。神社だ。神社に寄ろうと思ったときはまだ痛かった。だが、鳥居を出て、駅に向かうときには痛みはなかった――、はずだ。

何やら化かされた気分のまま、男はジーンズの裾《すそ》を戻した。身体を起こす途中、隣に立つ男性が読むスポーツ新聞に視線が止まった。紙面の隅で、精力剤の宣伝をしている女性の広告写真に、なぜか一瞬、ワンピースを纏った女の残像を連想した。どうして、そんな格好の女を思い出すのか、自分でもわからなかった。もっとも、それ以上、深く掘り下げることもなく、紙面に贔屓《ひいき》の馬の名前を見つけた男の頭の中は、早くもこれからのレース一色に染まっていた。

競馬場では、いつものスタンド隅の定位置でレースを見守り、いつものように簡単に金を失った。

舌打ちする気力もなく、馬券を破り、男は財布をのぞいた。

残りは千円と少しだった。車に当たって得た七万円の、なれの果てである。帰りの電車賃分の小銭を確認してから、英二は千円札を財布から引き抜いた。馬券の自動発売機の前に立ち、

「当ててやる」

とそらぞらしく宣言したときだった。

「ぐうぇ、ぽ」

とんでもなく大きな音のげっぷが、男の口から放たれた。

さらには開いた口から、もくもくと白い煙が出てきた。

馬鹿《ばか》な、と自分の目を疑ったが、まるで人魂《ひとだま》のようなふわふわとした白いものが、

顔の前を漂ったのち、ふわりと消えた。

「7」

と確かに空中に数字を描いてから、ハッと意識を戻し、慌てて左右をうかがった。最終レ
英二はしばし虚空《こくう》を眺めた。ハッと意識を戻し、慌てて左右をうかがった。最終レースを前に、大勢が馬券を買い求めているにもかかわらず、誰も今の煙に気づいた様子がない。

おそるおそる、自分の口に触れてみた。手のひらを確かめるが、何もおかしなところはない。「7」の文字が浮いたあたりを手で扇《あお》いでいたら、今度は明らかに隣の男から訝《いぶか》しげな視線を送られた。

わけがわからぬまま、男は馬券を買った。

二十分後、その馬券は十三万七千円に化けていた。

最後だからと大穴に注ぎこんだ、百三十七倍のオッズの馬券が、見事的中してしまったのである。

頭の中をぽっぽと上気させたまま払戻しを済ませ、英二は競馬場をあとにした。

「俺は天才だ」と何度も心で繰り返しながら、駅の近くで自動販売機の前を通り過ぎたとき、男はアパートを出てから、まったく水分を摂取していないことに気がついた。

古い型の自動販売機のようで、胴体の部分には赤いランプが左から右へ一直線に連なり、左端には「START!」、右端には「GOAL!」という文字が派手に躍っている。「大当たりはもう一本プレゼント!」という説明書きを目で追いながら、英二は硬貨を投入した。

「よっしゃ、これも当ててやる」

とつぶやき、缶コーヒーのボタンを押そうとしたときだった。

「ぐうぇ、ぽ」

またもや、いきなり大きなげっぷが口から放たれた。勢いのまま、開いた口から白い煙が立ち上る。

「6」

缶ジュースが横一列にディスプレイされた手前で、煙は器用に数字をかたちづくり、ふわりと消え去った。

いったん、動きを止めていた指が、思い出したかのようにボタンを押した。

ガシャンと缶が落ちてくるのと同時に、「ピッ、ピッ、ピッ」と当たりくじの赤いランプが「START!」から動き始めた。同じところで何度か点滅したのち、隣のランプへと光が移る。最初はスムーズに横へ移動していくが、「GOAL!」の一つ

手前で急に減速するのを見て、

「ああ、これは惜しいところで終わるパターンだ」

と昨日もパチンコ屋で何度も見かけた展開に、男がさっさと見切りをつけ、缶コーヒーを拾い上げようとしたときだった。

「ピッ」

思い出したかのように電子音が鳴り、赤い光源が「GOAL!」にたどり着いた。ピロリロリロリ〜、とどこか調子が外れた音楽が奏《かな》でられ、ディスプレイされているすべての飲み物の購入ボタンがふたたび光を放った。

人生で二度目の、自動販売機での当たりだった。

今でも、英二は覚えている。ガキの頃、薬局の入り口脇の自動販売機で、こんなふうに当たりに出くわしたことがあった。しかし、突然の朗報に狼狽《ろうばい》してオロオロしているうちに、当たりタイムが勝手に終了してしまい、二本目を決めた英二がどれほどボタンを押しても、もはやウンともスンとも言わなかった。あのときは、くやしかった。

二度目のチャンスを前に、二十六歳になった男の決断は早かった。

すぐさま缶コーヒーを選択し、ボタンを押した。

取り出し口から同じ銘柄の二本を拾い上げたとき、不意に、

「ヨッ、当たり屋！」

という女の声を聞いた気がした。

ギョッとして周囲を確かめたが、道行く人は誰も英二を見ていない。

首を傾《かし》げながら、男はぐっと厚みを増した財布をジーンズの後ろポケットにねじこんだ。さっそく一本目の缶コーヒーを飲みながら駅へ向かう。階段下のゴミ箱に飲み干した缶を放り投げたのち、男は膝のことなどすっかり忘れた顔で、駅の階段を軽快に一段飛ばしで上っていった。

その三

エマージェンシー。

どえらいエマージェンシー。

あんたも感じる？　このかそけき余韻、明らかに神の手によって、言霊が放たれたあとのものだよ。しかも、どういうわけか知らないけど、私の言霊の余韻だ。でも、私のはずがないし……、まさか、あの後任さんが？

取りあえず――、取りあえず本殿まで行こう。

おーい、後任さん。

おかしいな、気配がしない。どこ行っちゃったんだろう。ほら、突っ立ってないで、あんたも捜すの手伝ってよ。

もしもーし。

おや？　私の神箱の蓋《ふた》が開いている。後任さんが開けたのかな。困るなあ、触れないでって言っておいたのに。まだ次の任地に持っていく私物の整理中なんだ。

あら？

袋が入ってない。

ねえ、このくらいの大きさの、紫で染められた巾着袋《きんちゃくぶくろ》、どこかに落ちていない？　紐《ひも》の部分は金色で、袋の表面に銀糸で細かな刺繍《ししゅう》が施されているやつ。見かけはただの袋でも、実は私が千年前に前任の神からいただいた神宝《じんぽう》で――。

まさか。

あれを使って？

まずい。

非常にまずいよ、これは。

ねえ。

ここ——、カットしてくれるかな。

わかるでしょ。あんたのレポートに書かないでほしいってこと。約束して。そうじゃないと何がまずいか教えられない。

オウケー、神の指切りげんまん。

はい、切った。

あれはね、言霊の源を溜《た》めておくことができる特別な袋なんだ。

たとえば、クリスマスから正月にかけての「神のゴールデンウィーク」があるでしょ。あの周辺は一年でもっとも忙しい時期だから、残業続きの修羅場と化すよね。とにかく、やることが山ほどある。どこかでパワーを節約しないとこっちももたない、という切実な事情があるわけよ。

だから、繁忙期が来る前に準備しておく。つまり、言霊の源を用意しておくんだ。あとほんの少し力を加えたら本物の言霊になる、その手前の段階のものをね。普通なら源のまま言霊に変えず放置しておくと、すぐに消えてしまう。でも、あの袋に入れておく限り保存がきくんだ。

もちろん、あんたも知ってのとおり、これは御法度《ごはっと》。今の神法では、言霊は「その都度、生み出す」と定められているからね。その場で生み出した言霊を、その場で使うことしか認めていない。ストックすることは安全管理上、認められていないの。確かに、言霊はときに人間に白紙の小切手を渡すのと同義の力を持つからね。万が一、よろしくない人間のために使われたりしたら、とんでもないことになっちゃう。つまり、あの神宝は、厳しいノルマ達成のために、我々下々の神が編み出した、内緒のお勤めの智恵《ちえ》というやつなんですよ。表だって誰も言わないけど、きっと、どの神社にも代々伝わるものがあると思うよ。だから、あんたもこのくだりは書いちゃ駄目、まさに触らぬ神に祟《たた》りなし——って今はそんな話じゃない。

あの余韻。誰かが袋の中にストックしていた私の言霊の源を勝手に使ったんだ。

いくつ、袋にストックしていたかなんて覚えてないよ。「神のゴールデンウィーク」に入る前に出来るだけ溜め置きして、可能性がありそうな男女に手当たり次第言霊に変えて、打ちこんでいったから。少しだけ残った記憶はあるけど、次に持ち越せばいいやとそのままにしていたから……。

はあ……。

参った。

困った。

吐きそう。

もしもこれが公《おおやけ》の問題になったらどうしよう。神宝の不法所持、言霊の不正使用、まさか私の昇任が取り消されるなんて——、ないよね？

ああ、神様。

いや、神様は私だけど。

ん？　どうしたの。

あ、それッ。

その袋、まさに私の大切な神宝。いったい、どこに？　鳥居を出て、すぐのところに落ちていた、って——、か、貸してちょうだい。

空っぽ……だ。何も入っていない。いや、紙が入っている。

たま七つ使いきりました——、だって。

でも、私とあんたが聞いた神音は一回きりだったよね。

まさか……。

七つの言霊を、一度に同じ人間に打ちこんだってこと？

その四

「5」の数字を描いたのち、白い煙がふわりと音もなく消えていくのを見たとき、英二は確信した。

自分には、何か神懸かり的な力が宿っている、と。

五枚買い求めたスクラッチカードの宝くじを十円玉で削った。その場で当たり外れがわかることがウリのそのくじは、次々と男に当たりを知らせていった。

「三千円」

「二百円」

「一万円」

「二百円」

「五万円」

五枚すべてが当たりだった。

「長らく、ここでやってるけど、こんなのはじめてだよ」

窓口の女性は心底驚いた顔で、しげしげとカードを眺め、

「お兄さん、一生分のツキを使っちゃったんじゃないの」

と存外本気の表情で、集計した当せん金をトレーにのせて、ずいと前に差し出した。

競馬場で大当たり、自動販売機で大当たり、さらには最寄り駅で降りたのち、まだツキが続いているのか試してみようと購入した宝くじでも、まさかの大当たりだった。

いよいよ膨らんだ財布を、周囲の目を気にしながら、後ろポケットにねじこんだ。

そこで男は怖くなった。

たった一時間かそこらのうちに、大当たりが三度。どう考えても、うまくいきすぎだ。

ぱあっと祝杯を上げてやるかと帰りの電車の中では考えていたが、あまりの絶好調ぶりに、そらおそろしさすら感じ始めていた。

結局、一人でラーメンをすすり、さっさとアパートに戻った。

つまりは、小心者なのであった。

ついでに臆病者《おくびょうもの》でもあった。根っからのワルには到底なれず、ハナからそんな度胸もない。中学時代から小悪党ではあったが、どれも友人にそそのかされ、ついデカい顔をしたくなる虚栄心から悪事に荷担することがほとんどだった。しかも、その根っこの浅さが見透かされるのか、仲間内でさほどランクが上がるでもなく、一度だけ振り込め詐欺に関わったときも、命じられるがまま、捕まる危険度の高い、銀行で直接老人から金を受け取る役目を務めたにもかかわらず、やはり周囲の評価は変わらなかった。

近ごろは向こうから声がかかる機会もめっきり減り、その分収入も減った。そろそろ潮時かと、真面目《まじめ》に働こうとも思うが、それはそれで億劫《おっくう》で、ついチンケな当たり屋稼業で当座を凌《しの》ごうと企ててしまうわけである。

八畳一間のアパートに帰宅し、英二は財布の中身を改めて確認した。一時は千円札一枚にまで減らしたはずが、今や二十万円近く入っている。

「俺って、天才だったんだ」

そう思わざるを得なかった。

しかし、口からいきなり白煙が立ち上り、それが数字を描くというのは、明らかにおかしい。病院に行って、肺の検査でもしてもらうべきだろうか、などと考えながら、敷きっぱなしの布団《ふとん》に寝転んだ。

常ならぬ興奮に揉まれた反動か、目を閉じた途端に眠気が襲ってきた。

夢を見た。

青か、緑か、妙な色合いのワンピースを着た若い女が、ほとんど触れんばかりの位置で隣に立ち、

「ヨッ、当たり屋！　調子いいな！」

と白い歯を見せた。夢全体が、女のワンピースの生地の色が溶けて広がったように、ゆらゆらと揺れていた。

そこで目が覚めた。

カーテンを開けっ放しにした窓から、朝の光が遠慮なく部屋に注ぎこんでいた。身体を横に傾けると、ちゃぶ台の上の財布が視界に映った。

昨日の出来事は、すべてまぼろしだったのではないだろうな、と急いで手を伸ばし、中身を確かめた。ちゃんと札束がつまっていた。一日が経ち、あのわけもわからず大きなものに呑《の》みこまれるような、そらおそろしい感覚は消えていた。代わりにむくむくと膨らんできたのが、

「もっと、もっと」

というシンプルな欲求だった。

電車に乗って、競馬場に向かった。

間違いなく勝てる。

なぜなら、俺は天才だから。

完全に痛みが消え去った膝の具合を確かめながら、男はメインのレースに合わせて競馬場に到着した。億万長者になることが約束されたレースをこれから迎えようとし

ていても、不思議と緊張はなかった。逆に緊張をどこからも引っ張ってこられず、油断すると頬が緩み、ヘラヘラと笑ってしまうので困った。

メイン・レースの投票締め切り三分前、倍率が百倍を超えるオッズを選び、躊躇《ちゅうちょ》なく有り金すべてを注ぎこんだ。

パンパンに膨らんだ自信とともに、万馬券になることを宿命づけられた一枚を握りしめ、男はレース開始のファンファーレを聞いた。

いっせいに馬がスタートした。

＊

布団に寝転び、天井の木目の模様をひたすら見上げていたら、さすがに腹が減ってきた。

しかし、財布には四十七円しか残っていない。コンビニでおにぎりの一つさえ、買うことができない。

まさか、自分が負けるなんて一ミリも考えていなかった。ただ勝つことだけを確信して、正面のスクリーンに映された、ゲートへするすると収まっていく馬たちを、己が神になったかのような気分で眺めていた。

しかし、呆気《あっけ》なく現実を思い知らされた。

男の予想はあっさり外れ、ものの見事にすっからかんの身となって競馬場をあとにした。

すべては、ただのまぐれだったのだ。

競馬、缶コーヒー、宝くじ――、連続でとてつもないツキが訪れた。それだけのことだった。そこで満足すべきだった。もしくは、小休止すべきだった。幸運がいつまでも続くはずがない。それなのに欲をかいてばっか。根こそぎ失ってしまった。

「何も自分から動かない。人のあとについてばっか。そのくせ、いつもうまい話にありつこうと思ってる。英二はズルいの。カッコ悪いの。英二を見ていても、全然がんばろうっていう気になれない」

つい最近まで、この部屋でいっしょに暮らしていた女が、出ていく際に残していった言葉が痛いくらいに胸に響いた。

男は億劫そうに身体を横に傾けると、ちゃぶ台の上に置かれたポップコーンの袋に足を伸ばした。寝転んだ姿勢で、足の指で袋の端をつまみ、手元まで持ってくる。今日はこれで我慢するしかない。顔の前でポップコーンの袋を開けようとしたら、横になった格好のままゆえか、力加減がわからず、荒々しく袋が破れ、中身が爆発したように飛び散った。

「クソッ」

ポップコーンまみれになった布団のシーツから、一つ拾っては袋に戻す。ときどき、そのまま食べる。

ちゃぶ台の上には、女が使い残した化粧品の細長い容器が残されたままだった。そのうちのいちばん背の高い、赤いボトルを的にして、拾った一つを投げつけた。

当たらない。

また、一つ投げた。

やはり、当たらない。

二メートルもない距離なのに、ポップコーンはボトルの脇をふらふらと抜けていく。

いったん気持ちを落ち着かせてから、

「今度こそ、当ててやら」

と声に出したのち慎重に狙《ねら》いを定めた。

そのときだった。

「ぐうぇ、ぽ」

あの大きなげっぷ音が唐突に口を衝《つ》いた。さらには、白い煙が間髪をいれず湧《わ》き上

がり、

「4」

という数字を残したのち、ふわりと虚空に拡散していった。

指がひょいと、つまんだポップコーンを放った。迷いのない軌道を描き、寸分違《たが》わずボトルのキャップ部分に鋭く命中した。

「そうか――」

男はがばと身体を起こした。太ももの下敷きになったポップコーンがみしりと嫌な音を立てたが構いやしなかった。

昨日の三度の成功と、今日の失敗。何が違ったのか、猛スピードで記憶の糸をたぐり寄せる。

宣言だ。

いや、意思表明と言うべきか。

競馬場では「当ててやる」と馬券を買う前につぶやき、自動販売機の前では「よっしゃ、これも当ててやる」と声に発したとき、例のげっぷが否応なしに大きな音を立てた。

宝くじ売り場では？

あのときはその場ですぐに結果がわかるくじはないかと訊《たず》ねる英二に、懇切丁寧に説明してくれた売り場の女性に「これ、あげるよ」と、手に持っていた当たりの缶コーヒーをプレゼントした。「あら、どうも」とガラス窓越しにあっさりそれを受け取った年配の女性は、

「当たるといいわね」

と千円分のくじを差し出す際、声をかけてくれたのだ。その直後だった。げっぷが放たれ、白い煙が立ちこめ、数字がふわりと宙に浮かび上がったのは。

数字——？

あぐらをかいた状態で、床に落ちたポップコーンを口に放りこもうとした手が止まった。

競馬場ではじめてあの煙を見たとき、現れた数字は「7」だった。自動販売機の前では「6」。宝くじ売り場では「5」。たった今、「4」が現れた。手につまんだ一粒を口に含んだ。何の味も感じられぬまま、奥歯ですり潰《つぶ》した。

数字は伝えているのだ。

当たりの「残り回数」を。

その五

ちょっと、教えてくれないかな。

あんた、あの後任さんのこと、「あやしい」って最初から疑っていたよね。あの発言はどこから出てきたの。

証明札？

何ですか、それは。

引き継ぎのもろもろを終了させたのちには、証明札が交付されることになっている。ホウ。異動になった神は次の任地でそれを提出しなくてはいけない。ホウホウ。あの後任さんは、ニュータウンの神社を誰かに引き継いでから、ここへ来たわけで、証明札を持っていないとおかしい。ホウホウホウ。それを出す雰囲気もないから、妙だなと思っていた。なるほど……。

一つ、いいかな。

それ、もっと早く言えよ。

でも、妙だな。あんたが言うように、後任さんが本当の後任さんじゃなかったとするよ。じゃあ、あの方はいったい何が目的で、ここへ来たの。私をだましたって、何にもならないでしょうよ。後任のフリをして、何食わぬ顔で引き継ぎしても、すぐにバレて終わりじゃない。いたずらにしたって、よそ様の本殿に忍びこんで、神宝を盗んで、そのまま姿を消して――というのは、さすがにやりすぎだ。度が過ぎている。いや、今はそのことより、袋に入っていた言霊の源のほうだよ。どういう目的の言霊に変えて、誰に打ちこんだのか。早く見つけて何とかしないと、とんでもないことになっちゃう。

言霊を追跡する方法は――。

ないんだな、これが。

打ちこんだってことは、使いきったわけだから。もうこの世には存在しないのと同じで追跡は無理なわけよ。

だから、待つ……、しかないよね。

もしも、大ごとになったときは、きっと知らせがくるよ。それは同時に、不始末の責任を取らされて、昇任は取り消し、全部がご破算になるという悪夢の宣告でもあるんだ。念願の異動を前に、こんな降って湧いたような面倒事に巻きこまれて、ああ、私がどんな悪いことをしたって言うの……。

あれ？

あんた、ここのところ——、修理した？　おかしいな。刺繍の糸がほつれていたのに、いつの間にかきれいになってる。何でだろ。まあ、いいや。

情けない話だけれど、我々ができることといったら、人間を信じることだけ。与えられた力を、悪事に使わないよう祈るくらいしかない。

ああ、神様。言霊を打ちこまれた人間が、どうか馬鹿なことを考えませんように。

その六

金がなくなったなら、やるべきことといったら何か。

「当たり屋」

しかなかった。

男はついに「奇跡」の仕組みを解明するに至った。あとは元手を用意するだけ。今さら、まともなところから借りられるとは思わない。闇金《やみきん》とは付き合いたくない。悪友連中から借りるのも面倒だ。ゆえの、当たり屋。

これまで幾多の車との接触を経て、何度もチェーンが外れ、前かごはひしゃげ、車体も明らかに左側に曲がっているボロボロの自転車にまたがり、男はアパートを出発した。

以前から目星をつけていた、左右の見通しが悪く、車道が狭い、かつ通行人も少なく、交番から離れている——、種々の「当たり屋」条件を満たす場所を順に回っていく。

四番目の候補地点に到着したときだった。

前方から、のろのろと軽自動車がこちらに向かってくるのが見えた。住宅街を抜ける一車線道路である。前後を確かめ、人影もないと見るや、男はすっと右の脇道へと入った。すぐさまUターンして、車が近づいてくるのを待つ。

低いエンジン音が次第に大きくなり、空気のうなりが感じられるようになったとき、男は勢いよくペダルを踏み、道に飛び出した。

「危ないッ、当たっちゃう！」

突然、女の声が聞こえた。

ハッとして振り返ると、三軒後ろの家の玄関先で、まさに出かけようとする高校生らしき制服姿の少女が目を見開いていた。

「ぐうぇ、ぽ」

何の前触れもなく、男の口からげっぷが放たれた。さらには白い煙がふわりと浮かび上がり、

「3」

の文字を描いた。

煙がどのように消えていくのか、見届けることはできなかった。

なぜなら、それまでのろのろと進んでいた軽自動車が、いきなり激しいエンジン音を吹かして、急加速とともに突っこんできたからである。

「え？」

スローモーションの動きとなって近づいてくるバンパーと、ペダルにかけた自分の足のあたりが接触するのを、男は呆然《ぼうぜん》と見送った。

気づいたときには、アスファルトに転がっていた。

頭が硬いコンクリートに接しているのを感じた。真横にすべてが傾いた世界では、割れたオレンジ色のプラスチック片に囲まれ、倒れた自転車の後輪がカラカラと回っていた。何かをわめきながら、運転席から女性が飛び出してくる。さて、これからが当たり屋の仕事だ、と起き上がろうとするが、力が入らない。車までの距離が三メートル以上あるのを見て、ずいぶん俺は跳ね飛ばされたんだなと今ごろになって気がつ

いた。破損したウィンカーの内部に、小さな電球がのぞいていた。剝き出しだと何だか貧相な眺めだな、などと思っているうちに、男はぷつりと意識を失った。

目が覚めたら、ベッドの上で寝ていた。

知らない風景だとぼんやりと天井を見上げていたら、看護師がやってきて、男の表情に気づくと、慌てた様子で病室から出ていった。

それからは医者が、警察が、最後に女がやってきた。

「四日も目が覚めないから、駄目かと思った」

英二に愛想をつかし、アパートを出ていった凛子《りんこ》だった。男には家族と呼べる関係の人間が一人もいなかった。携帯電話の通話履歴から、凛子のもとに警察からの連絡が届いたのだという。

「英ちゃん。また、当たり屋、やったんじゃないでしょうね」

女は険しい表情で、男の耳元に顔を近づけささやいた。男が返事するより早く、

「ウソよ」

とケラケラと笑って、男のタオルケットの位置を整えた。

「目撃者もいるし、本当の事故だって警察の人が言ってた。運転手の女の人、びっくりしてブレーキとアクセルを間違って踏んでしまったみたい。本人は踏んでいない、

勝手に車が加速した、って言ってるらしいけど――」

　これ、と女は封筒をバッグから取り出した。

「取りあえずのお見舞い金だって。五十万円入ってた」

受け取ろうと男が手を伸ばすと、

「駄目。どうせ英ちゃん、競馬かパチンコに使っちゃうでしょ。まず、大家さんに滞納してた家賃払っておくから。元気になったら返してあげる」

と素早くバッグに戻してしまった。

「戻ってくれるのか」

「お金のこと？　それとも、私？」

「凜子」

「戻らないわよ、だって――、英ちゃん、どうせ、同じじゃない。自分からは、何もやらない。何かに、ふらふらとついていくだけ。そうだ、私が貸していた分も返してもらうからね」

　見舞いの品に持ってきた、カットフルーツのパックをベッド脇の机に置き、「じゃ、これから、夜のシフトあるから」と女は壁の時計を確かめた。

「もう、俺は同じじゃない」

「へえ。じゃあ、何が変わったの」

「特別になった。大金持ちになれる」

「頭打ったって聞いたけど、大丈夫？」

眉根を寄せ、心配げにのぞきこむ女の視線を、男はわずらわしそうに手で払いのけ、

「俺は、変わったんだ」

と言い聞かせるようにつぶやいた。

＊

二日後、男は異常なしという検査結果を得て退院した。車のウィンカーが派手に割れていたので、骨折くらいはしただろう、と覚悟していたが、自転車のペダルの部分が接触しただけで、英二自身は驚くくらいに無傷だった。

アパートに戻り、着替えを済ませたら、傘を持ってすぐさま外出した。男が意識を失っている間に梅雨入りした空は、薄汚い雲に覆《おお》われていた。財布には、手持ちの金がまったくないと訴え、昨日も顔を見せた凛子から渡された二万円が入っていた。

病院のベッドで男が結論づけたことは、

「自分は正真正銘の当たり屋になった」

という確かな自覚だった。

厳密には、「数」を限定された当たり屋だ。ならば、残りのチャンスをどう活《い》かすべきか。宝くじを買うという手もあるだろう。だが、高額賞金の宝くじは、当せん番号の発表まで時間がかかる。そのときまで今の状態が持続している保証はどこにもない。ガキの頃に逃した自動販売機の当たりのように、時間切れになったら元も子もない。

結局、英二が訪れたのは競馬場だった。

大勢の男たちに囲まれながらモニターを見上げ、オッズを探る。

百三十七倍のオッズを見つけたとき、「これだ」となぜかピンと来た。そう言えば、一度目の当たりも百三十七倍だったなと思い出しながら、人でごった返す通路を抜けた。自動発売機の前に立ち、

「当ててやる」

と静かに表明した。

「ぐうぇ、ぽ」

思っていたとおり、げっぷがこみ上げ、勢いよく放たれる。

お次は、口からもくもくと白い煙だ。

もはや、自分の身に何が起きているのか、周囲の目を含め、男は気にすることもなかった。当たり前のように、

「2」

と天井の蛍光灯の光を中和させながら漂っている数字を見上げた。

やはり、減っていた。

あの事故も「当たり」の一回分として、カウントされたのだ。宝くじ売り場と同じく、英二以外の声が――、偶然居合わせた少女の叫びが、本物の「当たり」を招き寄せてしまった。凛子は信じていなかったが、勝手に車が加速したという運転していた女性の話を、男は真実だろうと考えている。なぜなら、あれこそが完璧《かんぺき》な『当たり屋』の仕事だったからだ。相手が自発的に五十万円払うくらい派手にぶつかったにもかかわらず、英二自身に怪我はない。これ以上ない成果、まさしく、「大当たり」だった。

数字がふわりと消えるのを待ってから、いっさい迷うことなく、財布の二万円を投入した。

空っぽになった財布と引き替えに得た馬券一枚を手に、男はコースへと向かった。

いつものスタンド隅の定位置で、レースのスタートからゴールまでを静かに見届けた。

五分後、男が買い求めたとおりの波乱の結果に、場内がいっせいにどよめいても、不思議とうれしさはなかった。むしろ、安堵《あんど》の気持ちを抱きながら、順位が確定し、コース正面の巨大な電光掲示板に表示された払戻金の数字を見つめた。

いともたやすく万馬券と化した一枚を財布に入れ、払戻しの窓口へと向かった。窓口の前でしばらく待たされたのち、封筒を渡された。中身をのぞくと、封をした百万円の束二つと、残り七十四万円分の一万円札が見えた。

心を落ち着かせるために、いったんスタンドの外に出て、缶コーヒーを買い求めた。ほとんど味を感じぬまま、ちびちびと口に近づけては中身をすすった。

最終レースに、封筒の金をすべて注ぎこむ。それだけで、今度は億を超える額が手に入る計算だった。あまりに高額の払戻しの場合、別室に案内され、現金を渡されたのちもガードマンがタクシーまで護衛する、という噂《うわさ》を聞いたことがあるが、あれは本当だろうか、と先ほどのレースのときからぽつりぽつりと降り始めた梅雨空を見上げ、想像した。

なぜだろう。

ちっとも、うれしくなかった。

ほんのひと月前の自分が、近いうちに億という金を手に入れると知ったなら、どんな反応を示しただろう。きっと、みっともないくらい狂喜乱舞したはずだ。それなのに、どうしたことか。激しく海が荒れる波打ち際に立っているのに、どこからも波の音が聞こえてこない——、そんな光景を思い浮かべてしまう、何かがぽっかりと抜けた、平べったい心は。

男は女に、自分が特別になったと宣言した。

しかし、自分の何が変わったというのか。

のどぼとけをさらし、コーヒーを飲み干すまでの間、じっと考え続けても、何も思いつかなかった。当然だった。なぜなら、男は何もしていないからだ。ただ強制的にげっぷを放ち、数字をかたどる煙を吐き出しさえすれば、あとは勝手に結果がついてくる。病室にて、「何かに、ふらふらとついていくだけ」と女が辛辣《しんらつ》な指摘を放ったように、ただ「当たり」という強烈な磁石に、何も考えず張りついているだけなのだ。

これまでの人生と同じように。

ジーンズのポケットにねじこんだ封筒の感触を生地の上から叩いて確かめた。

あと一回、「当たり」が残っている。

その先には、間違いなく別の人生が待っている。

次のレースが最後の直線競走に入ったのか、スタンドからぶ厚い歓声が伝わってきた。男は缶をゴミ箱に捨てた。馬券売り場へ向かい、最終レースのオッズを確かめてから、馬券の自動発売機の前に立った。

大きく息を吸って、つぶやいた。

「当ててやる」

その七

もう、何日が経ったんだろうね。

この引き継ぎ、どうなっちゃうんだろうね。

もちろん、状況は報告したよ。でも、上からは何の連絡も返ってこない。あんた、何か聞いてない？　こんな異常事態なのに、音沙汰《おとさた》がないってどういうことよ。私のことなんか、もうどうでもいいのかな。もしも、この引き継ぎ自体がなしという最悪の展開になっちゃったらどうしよう……って、さっきからあんた、あっちの方向ばかり見てるけど何で私の話を聞かないの。

誰かいるって、そりゃ、いるでしょうよ。ウチの神社は、地域の人間たちの変わらぬ憩《いこ》いスポットなんだから。人間の話をしているんじゃないの？　ああ、最近は猫も増えたね。でも、猫に「誰か」って使うのは変じゃないかな。

おいおい、そんな強く引っ張らないで。何なのいったい、さっきから。

あそこ？　だから、どこ？

あッ。

あいつだ。

あの泥棒後任だ。

悠々と本殿の前でくつろいでやがる。何て図太い神経だ。しかも、こっち見て、ひらひらと手招きまでして。頭に来た。これは温厚な私でも、さすがに腹立ちマックスだ。

ち、ちょっと——。

どこ行ってたの。あなたのおかげで、どれだけこっちが迷惑したと思ってんの。しかも、私の神宝まで持ち出して——、神がやっていいことじゃないでしょ。あなたが姿を消したきり、全然顔を見せないから、引き継ぎも中断したまま、上からの指示もストップ、せっかく準備したことが何もかもメチャクチャに——。

そ、その手元の巾着袋。

私の神宝じゃないか。でも、どうやって。用心のために、箱には重く封印をかけておいたのに――。

な、何だよ、急に近づいてきて、やるのか?

わ、私だって、むかしはね、こう見えても山岳でみっちり修行をつけて、まわりからは「飾り過ぎた注連縄《しめなわ》」って言われていたんだ。どういう意味かって? キレたら大ごとになる、ってことだよッ。

何、笑ってんの。神を馬鹿にするのも、いい加減に……。

あれ?

急に小さくなった。どんどん、小さくなった。さらに見えなくなるほど、小さくなった。本当に見えないよ。どこ行った? ん、風に乗って声だけ聞こえてくる。

さらば――、って。

こら、戻ってきなさいよ。何、勝手にさらばしてんの。話はこれからだよ。あなたは、私の後任でしょ。これからここでお勤めするのに、どこへ行こうって言うの。

もしもーし。

ほら、あんたも呼びかけて――、ちょっと、何を勝手に袋をまさぐってるの。私の神宝をむやみに触るのは止《や》めな――、あれ? これ、私のじゃないよ。ほら、外見は同じ紫でも、袋の刺繡の糸が萌葱でしょ。あの泥棒後任の色そのままだ。ウチの神宝はね、上品な銀糸で刺繍してあるから。こんな軽薄な色じゃありません――。

何、それ。

袋の中に、私宛《あて》の文《ふみ》が入っていた?

ふむ。

ふむふむ。

ふむふむ、ふむ。

ねえ、あんたが持ってる巾着袋、貸してくれる。ちょっと確かめたいことがあるから。

「たまの子――、生まれるべし、生まれるべし」

よし、言霊の源、一個生まれました。これを、今からこの袋の中に入れます。もしも普通の生地なら、当然、すり抜けて地面に落ちてしまうけど――。

こいつは驚いた。

落ちてこない。中に留まったままだ。

つまり、これ、本物の神宝だ。

*

待って。

急《せ》かさないで。

私だって、混乱しているんだから、少し落ち着いて考えさせて。

この文の内容と、今の検証結果から鑑《かんが》みるにだね……、こういうことみたい。

まず、この巾着袋はさっきの萌葱色の神が作った。ほら、手紙のここ、「このたび新作バッグ完成す」って書いてある。しかもあの萌葱色さん、千年前に、私の前任の神に頼まれて神宝を作ってる。そう、私がずっと使っていた、銀糸の刺繡が施された、あれ。あんたが言っていたとおり、あの方、後任でも何でもなかった。千年ぶりにこのあたりを通りがかったついでに、ふらりと寄ってみたら、私が勝手に後任が来たと勘違いしているから、適当に話を合わせてみたらおもしろかった、って書いてある。

さらにだね、本殿をのぞいたら、自分が千年前に手がけた神宝があった。千年も壊さず大事に使い続けているのはめずらしいから、うれしかった。でも、だいぶガタがきていたから、メンテナンスしてやることにした。中身が残っていると修理できないから――、私の言霊の源のことだね、言霊に変えて、適当にピックアップした人間に全部打ちこんだ。あんたが袋を見つけて拾ったときは、すでに修繕済みで、だから刺繡のほつれが消えていたんだ。それにしても、あの短時間でよく仕上げたもんだ。

どんな人間に言霊を打ちこんだかは書かれていない。でも、人間が与えられた力を無事使いきったのを見届けてから、完成した新作バッグを渡しにきたって書いてある。しかも、引き継ぎをストップしていたのも、あの萌葱色さんだったらしい。今もあの方、上級神が所有する「無届け神宝」の製作やメンテを多数手がけていて――、そうなんだよ、お偉方も私たちと同じように、こっそり神宝を使ってお勤めの助けにしているんだよ。要は弱みを握っているということだから、バッグを完成させるまで後任が来ないようお偉方に手配した――、って何でもありだな、あの萌葱色。

でも、どうしてそこまでして、私に新しい神宝を作ってくれたのだろう？　どこにも理由が書いていない。この最後の一文の意味もわからない。

「当たり屋とは、げにおもしろきかな」

何だろうね。当たり屋って、自分のことを言ってるのかな？　私にとっては、登場の仕方からして当たり屋にしか見えないわけだけど。

ところであんた――、この一件のこと、レポートに書くつもり？

その八

馬券の自動発売機の前で、例のげっぷが盛大に口から飛び出たのち、白煙がまっすぐ立ちのぼり、そのまま「1」を描いた。

予想どおり見つけることができた、百三十七倍のオッズで買い求めた馬券を手に、男はコースには向かわず、スタンドの外に出た。雨がはっきりと降り始めていた。壁際に座りこみ、ぼんやりと空を見上げている、野球帽をかぶったじいさんに、

「これ、やるよ。次のレースの」

と買ったばかりの馬券を差し出した。

戸惑った表情で老人は差し出された一枚に視線を落としたが、手元の競馬新聞をちらりとのぞき、

「ひでえの買ってるな」

とこれみよがしに顔をしかめた。

「当たるよ」

「当たるもんかい、こんな馬鹿な組み合わせ」

「いや、当たる。俺は当たり屋だから」

日に焼けた顔のじいさんは男を見上げ、

「おもしろい兄ちゃんだな」

と前歯の抜けた笑顔を浮かべた。

「じゃあ、もらっておこうかな。もう、おけらだったんだ」

じいさんはぺこりと頭を下げると、思わぬ素早さで馬券を受け取り、

「これ、やるよ」

と空いた英二の手に、まだ開けていない缶コーヒーをぽんと置いた。

＊

競馬場からアパートに帰った英二は、タンスの引き出しの奥から、くしゃくしゃになった紙の束を取り出した。

それらは、これまで当たり屋をするたびに交換した、不運な運転者の住所を記したものだった。

アパートを出発したときには、雨はやんでいた。すでに夜は更《ふ》けていたが、前回の接触でさらに不安定さを増した自転車を操り、暗い道を漕ぎ続けた。書き留めた住所

を一軒一軒回り、ほんの一秒、玄関の前で自転車をとめた間に、ポストに封筒を落とした。以前、男が当たり屋稼業でだまし取った額のきっちり三倍が、それぞれの封筒には収められていた。

明け方近くまでかかって、当たり屋稼業で得た金をすべて返した。男を病院送りにして、見舞い金として五十万円を払った女性にも百五十万円を返した。もちろん、どの封筒にも、名前も理由もいっさい記さなかった。

すっかり空が明るくなってからアパートに戻り、着替えもせず布団に入るなり、男は眠りに落ちた。

夢のなかで、女に出会った。

緑とも青とも言えぬ色合いのワンピースを着た女は、

「ヨッ、当たり屋！　あんた、おもしろかったから、どうなるか見ている間に、これ、作るつもりなかったのに、作っちゃったよ」

と手元の紫色の巾着袋を高らかに放り投げた。

そこで、目が覚めた。

布団から身体を起こし、昨日、競馬場でじいさんにもらった缶コーヒーの栓を開けた。スマホで昨日の結果を調べると、当然のように、男が買い求めた馬券は万馬券に化けていた。つまり、あのじいさんは一万三千七百円を手に入れたということだ。

そう、英二は確かに馬券を買った。

しかし、それは百円の馬券だった。ポケットにねじこんだ封筒の二百七十四万円をすべて突っこめば、払戻しはゆうに三億円を超えていた。しかし、男はその権利をフイにした。さらには、そのまま持ち帰った封筒の金は昨夜の返済にあてたため、今はもう七万円しか残っていない。

期せずして、前回当たり屋を成功させたときと同じ額が財布に収まっていた。そこからスタートすることは、どこか約束された段取りのような気がした。男は駅前に出て、散髪を済ませた。スーツと革靴、シャツにネクタイを計六万円で買い求めた。文具屋ではボールペンと履歴書を買い、証明写真ボックスで写真を撮影した。

アパートに戻り、ひさびさに字を書くせいか、揺れる線がみっともないなと思いつつ、ちゃぶ台に広げた履歴書に記入していると、ノックもなしに玄関ドアがいきなり開いた。

「凛子」

玄関で靴を脱ぐ女は、男とは目も合わせようとせず、

「荷物、取りに来ただけだから」

と部屋の隅に置かれたバッグを手に取った。

「これ、見舞い金。大家さんに三カ月分払って、私が貸していた分も引いて十三万七千円残っているから。大事に使い――」

そこではじめて、女はちゃぶ台の前の英二を見下ろした。

「どう、したの？」

「さっき散髪した。髭《ひげ》もひさしぶりに剃《そ》ってもらった」

「いや、そうじゃなくて……」

男の顔をじろじろと眺め回しながら、女は腰を屈め、ちゃぶ台のへりに見舞い金の封筒を置いた。

「それ、履歴書？」

「うん。俺、働くわ。スーツも買ってきた」

男は壁にかけた新品のスーツと、玄関の革靴を指差した。

「何かあったの、英ちゃん？」

「三億円を捨てた」

「え？」

「三億円を捨てたついでに、今までの俺もいっしょに捨ててきた」

どう答えてよいのかわからず、困惑の表情を浮かべる女に、

「いや、違うな。三億円で新しい俺を買ったんだ。もう安くは売らない。今度は嘘《うそ》じゃない」

と告げ、履歴書に貼《は》ったばかりの自分の写真の上に、手のひらを強く押し当てた。

その九

やあやあ、相変わらず時間どおりに来るね。

やっと、この日が来ました。

もう、永遠に引き継ぎなんてできないと絶望したときもあったけど、無事迎えることができて――、ハア、ほとほと私は疲れたよ。

あんたは最近、何していたの。ホホウ、あの萌葱色の神について調べていたんだ。

それで何かわかったの？

二百年？

何、それ？

あの萌葱色さん、今から注文しても受け取りまで二百年待ちの、伝説的神宝デザイ

ナーだった？

何とまあ……。

いや、そうじゃないかと思っていた。薄々気づいていた。だって、いただいた新作バッグ、裁縫の細かさも、生地から立ちのぼる神性の高さも尋常のレベルじゃないもの。つくづく、どうして何の縁もゆかりもない私に、新作バッグをプレゼントしてくれたのか不思議だ。あとから、信じられないくらいの請求が来るんじゃないだろうな。

本気で心配になってきた。

そうだ、不思議といえば、今朝ひと組、男女の縁結びが成就《じょうじゅ》したという、風の知らせを受け取ったんだ。でも、妙なのは、男女のどちらにも言霊を打った記憶がないんだよね。名前は宇喜多英二と青葉《あおば》凜子。風の知らせに乗るということは、間違いなく私の言霊が作用しての結果なんだけど、思い出せないんだなあ。もちろん、私の手柄になるから、ここを去る前の実績にきっちりカウントしておいたけど。

あ、見えた。ほら、後任の神の到着だ。

うわあ、何だ、あれ。ずいぶん派手な色遣いだなあ。しかも、いちいち縞《しま》模様にデザインしてアピールしてるよ。あり得ないでしょ、あのセンス。どういう気分で纏っているんだろう。

何で私のほう見てニヤニヤ笑ってんの。私の自慢の百三十七色配置に何か文句でも？　あの伝説的神宝デザイナーも素敵だって褒めてくれたんだよ。ああ、そうだ。結局、あの萌葱色さんの一件はレポートに書かないと決めたって話だけど、私のデザインがお墨付きをいただいた部分は、どこかに書いてほしいなあ——。

では、お迎えに行こうか。もちろん、私の隣にいて引き継ぎの一部始終を取材しておくれよ。

やあやあ。

遠路はるばる、ようこそお越しくださいました。はい、私めがこの神社でざっと千年の歳月、お勤めを果たして参りました、縁結びの神でございます。

それにしても、マア、何て素敵な色合い。特にその細かい縞模様が、とっても斬新《ざんしん》、超クール。

ね、あんたもそう思うでしょ？

トシ&シュン

その一

どうも、はじめまして。

わざわざ鳥居前までお出迎えいただいて、まこと恐縮です。ぴったり、時間どおり？　いや、それはもう。こうしてしばし居候《いそうろう》させていただくわけだから、そのあたりはきちんとしておかないと。ほら、ときどき、あるでしょう？　柏手《かしわで》を打つとき、どうにも手と手が合わず、ぴちゃって何とも気の抜けた音が聞こえてくること。せっかく願い事を受けてあげようかな、とこっちは気合い入れて待っているのに、がっくりきちゃう。何事も最初が肝心なのに。

この後ろに控えているのはですね――。

失礼、紹介が遅れました。これは私の助手でございます。いえ、本職はフリーランスのライターですが、もう少し材料を集めるとか何とか言って、ついてくることになりまして。もっとも、私のような下《した》っ端《ぱ》の働きを紹介する本を出したい、なんてことを以前から言うくせに、いっこうに書き始める気配もなく、やる気があるのか、まったく疑わしい限りで……。そんなことよりも、さっそくですが、お勤めの内容を教えていただきたく。

はい、当方は「縁結び」の神でありました。

こぢんまりした神社でありましたが、縁結び一本、ざっと千年のお勤めを果たしてきたところであります。

そちら様もそんな感じで？　ほほう、こちらで一千と百年。あら、だいたいいっしょじゃない。ほぼ同期って感じじゃない。なら、こんなしゃちほこばって話さなくてもいいかな——。

あ、色が変わった。

機嫌が悪くなると、纏《まと》っている色が連動して変化するタイプだ。こわいこわい。

ゴホン、失礼しました。

親しき神にも礼儀あり。改めて、お勤めの内容をお聞かせいただけたらと。とにかく、急な話だったもので。本来は千年も働き続けたことだし、骨休めがてら、しばらく諸国をぶらりと漫遊してこいなどと言われていたのに、年を越したあたりにお偉方から呼びつけられ、繁忙期に入るからとだけ聞かされ、慌《あわ》てて参った次第です。

なるほど、こちらは「学問」の神社でありますか。ハハア、それでこれからの二月、三月の受験シーズンは特に忙しくなるわけだ。いったい、どのくらいの仕事をこなすのでしょう。二？　ということは二百。違う。そりゃ、そうか。二千だ。まだ、違う。まさかの二万。

驚いた。

こいつは、驚いた。

二十万、でありますか。

それ、本当？

今は幼稚園からお受験があって、対象の低年齢化が進んでいるうえ、社会人になっても資格だ、社内の選抜だで、いくつになっても試験はついてくる。むかしみたいに、高校・大学受験をメインにのんびりやってりゃ済む時代じゃない。それに本人だけじゃなく、親兄弟や、親戚《しんせき》、友人が絵馬で願い事を置いていくから、それが積もりに積もって、えらい数になる――。ひゃあ、聞いているだけでたいへんだ。

絵馬については、当方もほら、縁結びだったものだから、よくわかります。あれの面倒なところって、やっとこさ「さあ、あんたたちの順番だよ」ってときに、別れちゃってるのがいることですな。そんなさっさと別れるくらいなら、最初からお願いにくるな、って話で――。え、そんな悠長には構えていられず、試験日という明確なリミットがあって、それまでに仕掛けなければいけない――。こいつはうっかり。そりゃ、そうだ。

どうして、こちらにヘルプに向かうよう言われたか、ようやく得心いたしました。神のゴールデンウィークならぬ、ゴールデンマンスだ。学問は専門ではありませんが、以前の神社でも経験がないわけではないので、私も微力ながらお手伝いできたらと。

え、手伝いはいらない？

ええと、それはどういう……。

私には学問じゃなくて、芸能のほうを見てほしい。この神社は芸能についても司《つかさど》っているので、ノルマを達成できるかどうかの瀬戸際《せとぎわ》、こちらはとにかく学問のほうに集中して数を稼ぎたい、合格発表シーズンが来て落ち着くまで、芸能のほうを私に任せたい、だからヘルプをお願いした――。

承知。

承知であります。ノルマ達成の苦しさ、かき入れどきの殺伐とした空気は、私も例年クリスマスやバレンタインデー周辺のてんやわんやぶりを通して、嫌になるくらい経験しています。不慣れなところもありましょうが、一千年の経験を存分に発揮して、お役に立ちたい。

ところで、その……野暮な質問でありますが、あ、さすがお察しがよい、まさにそのことで。私のほうの取り分と言いますか、配分はどれほどのもので。上からは、現地で話し合いで決めるものだから、と言われてまして。でも、だいたいはフィフティ・フィフティでまとまるなんてことも聞いたのですが――。

七と三。

ええと私が七。

違う。そちらが七で、私が三。

これは、たいへん厳しい数字だ。

仕事を進める際は、ウチのやり方に従ってもらいたい――、それに関してはもちろん。郷《ごう》に入れば郷に従え。やり方さえ教えてもらえれば、いくらでも。こう見えて、柔軟に成就《じょうじゅ》を導くことに関しては、なかなか定評がありまして。

ふむふむ。

ほう……。それは、また思いもしないというか、斬新《ざんしん》というか、聞いたことがないやり方です……な。

ええと、ひとつだけ確認。それ、違反してない?

なるほど。ごもっとも。別にそういうつもりで言ったわけではなく、気に障《さわ》ったらごめんなさい。そうなんだ。芸能のあたりではむかしから認められている手法なんだ。

いや、縁結びの場合、あまりそういうやり方はそぐわないというか、そもそも、やる意味がなかったもので。

じゃあ、取り分が三といっても、実質的にはやるだけ実績も上積みされて二倍、三倍になるかもしれないってこと？

それは、やる気が出てきた。

俄然《がぜん》、やる気が出てきた。

いつから、お手伝いしたらよろしいか？　別に今からでもＯＫ、試しにそこの鳥居の脇《わき》に立っている男なんていいんじゃないか——。なるほど、では、さっそく声がけしてみようかしらん。

ところで、あんた——、あ、こっちの助手のことで。さっきからずっと黙っているけど、どうすんの？　また私にくっついて取材するつもり？　別に構わないけど、こっちの邪魔だけはしないでね。それと、あんたへの分け前はないよ。私も言ってみれば、今はあんたと同じフリーの状態で、余裕がないから。

あ、怒った。

纏っている色がどんどん赤のほうに強くなる。あれ？ あんた、色が変わるタイプだったっけ？ まあ、いいや。さっそくお勤めを始めよう。

その前に、もう一度だけ確認。

さっき聞いたやり方、本当に違反してないよね？

その二

ある冬の日暮のこと。

鳥居を背にして、ジャンパーのポケットに両手を突っこみ、一人の若者がぼんやりと薄雲が棚引く空を見上げていた。

若者の名はトシという。もうずいぶん長い間、鳥居の前から動かないでいる。ちらりと腕の時計に目をやり、あと少しで待ち合わせの時間であることを確かめてから、彼女に何と言ったらよいだろう、と改めて重い気分で、少しずつ色が沈みゆく空をふたたび仰いだとき、二人が付き合うと決まって真っ先に考えたことをひさしぶりに思い出した。

「このまま、もしも彼女と結婚することになったら、妙なことになってしまう」

我ながら馬鹿《ばか》な心配をしたものだ、と今となっては苦笑するしかないが、そんな先走ったことを考えたのも、二人の名前が特別な関係にあったからだ。

彼の名前が「俊」と書いて「シュン」であるのに対し、彼女の名前は「瞬」と書いて「シュン」と読む。互いにシュンと呼ぶのも変なので、自然と男のほうが「トシ」と呼ばれるようになった。それでも、もしも結婚して彼女が男の姓を名乗るとなると、同じ「斉藤シュン」が並ぶわけで、どうにもくすぐったい気持ちになってしまう。

だが、そんな戸籍上の空想をいくら弄《もてあそ》んだところで、未来ははるか遠い。今のトシにはまったく己の将来が描けない。二人のことなど、さらに深い霧の向こうだ。

腹の底から長いため息をついて、ポケットから手を抜いた。寒さで固まってしまった肩を、二度、三度回し、ほぐしてみる。それから頬に触れてみた。血の気が引いていたのが、ようやく元に戻ってきたようだ。これまで何度も経験したことでも、今回はさすがにこたえた。なぜなら、この挑戦が駄目だったら、彼は小説家を目指すことをあきらめようと思っていたからだ。だが、半年以上かけて書き上げ、小説新人賞に応募した作品は敢《あ》えなく落選した。本屋で結果が記された雑誌に目を通し、自分の名前がないことを確認した瞬間、男は脳味噌《のうみそ》の真ん中がすこんと落ちたような感覚に襲われた。

どうにも足元に力が入らぬまま本屋をあとにして、神社に向かうまでの間、トシの頭の中を、これから何をして働こうか、というクエスチョンがぐるぐると回っていた。しかし、何かを考えているつもりでも、実のところ何も考えていない、いや、何も考えられないのだった。もしも、今度の応募で結果が得られなかったときは、大学を卒業後ずっと続けていた、コンビニでのアルバイトをやめて就職する、と強く決めていた。彼はもう二十七歳だった。

別にシュンと結婚するために、小説家への道をあきらめるのではない。これまで結婚の話題が二人の間に上ったことはないし、そもそもシュンがそれを望んでいるかどうかもわからない。それでも、己へのけじめとして、いつまでもだらだらと夢ばかり追ってはいられない、と才能と人生の時間を天秤《てんびん》にかけ、敢えて期限を定めた。そして、残酷にも期限切れが訪れたのだ。

間違った決断とは思わない。だが、とてもさびしい決断だった。次はないのに、こうしてシュンを待ちながらも、ともすれば次に何を書こう、といくつかある題材ストックのなかから無意識のうちにチョイスしているのが、どこまでも滑稽《こっけい》だった。

「お待たせ」

いきなり横から声をかけられ、驚いて顔を向けると、そこにシュンがいた。

「どうしたの？」

いや、とトシは頭《かぶり》を振った。また頬の肉がこわばってきた。彼女は今日、結果が掲載された雑誌が本屋に並ぶことを知っている。やはり、真っ先に伝えるべきだろうと、

「駄目だった」

と男は正直に告げた。

そっか、とシュンは首に巻いたマフラーの端をつまみ、二度、三度と回してから、

「残念だったね」

とつぶやいた。

「バイト辞めて、働くわ」

目を合わさずに、かすれた声を発するトシを見上げ、

「ねえ、もう一度、チャレンジしてみたら？」

とシュンはマフラーをいじる手の動きを止めた。「え」と思わず声を上げ、男は彼女の顔をまじまじと見返した。

「トシがこれを最後にする、って言っていたことは、私も覚えている。でも、本当はまだ書きたいんでしょ？」

そりゃ、と口が開きそうになるのを、たった今、働くと決めたばかりじゃないか、

とトシは慌てて止めた。

「ただし、条件があるの」

手から垂れ下がったマフラーの端で、女はふたたびふわりと円を描いた。

「私の言ったとおりに、お話を書いてほしい」

しばし無言で見つめ合ったのち、

「何を――書けって言うんだよ」

とトシはまだかすれが残っている声で訊《たず》ねた。

「それはこれが決める」

はい？　と裏返った声を発するトシの背後に立つ鳥居の柱に、シュンはぱちんと音を立てて、手のひらを置いた。

「思うに、これまでのトシの話は、題材の選び方がちょっとズレていたんじゃないかな。いや、ズレていたというより、自分に近すぎるって言うの？　だから、読み手にはズレて感じられちゃう。だって、読者は他人であって、トシじゃないもの。もう少し読み手に合わせたものを、ううん、合わせるってのは違うな――、何て言うのかな、これまでみたいな狭いお話を書くんじゃなくて、もっと広いお話を書くべきだ、と思うの」

いつものトシなら、何年も苦闘してきたことを根こそぎひっくり返すような指摘を受け、決して心穏やかに聞いてはいられないはずだが、あまりに突然の相手の変貌《へんぼう》に、呆気《あっけ》に取られてその口を見つめるばかりだった。これまで、いくら書いたものを読んでくれと頼んでも、読書の習慣がほとんどないゆえか、短い作品でもなかなか読み終わらず、よしんば読了したところで、

「よくわかんないけど、おもしろかった気がする」

くらいの、はなはだ不明瞭《ふめいりょう》な感想しか返ってこなかったシュンである。

「これまで書いたやつを、思い返してごらんよ。どれも、何だか似ているでしょ。話の流れというか、色が」

「そりゃ、同じ人間が書くんだから、そうなるだろ」

「それって題材を選ぶとき、どうしても自分が書きやすいもの、好きなものに目がいっちゃうからでしょ？　それを敢えて、まったく思い入れがないものにしてみるの。そうすることで、自分に近づきすぎないようにする。自分よりも読者に近い位置で書いてみる」

やけに筋が通った鋭いアドバイスに、「ふむ」とトシもつい腕を組む。

「でも、この鳥居がどう関係あるんだ？　何で、これが決めてくれるんだよ」

「明日の今ごろ、この場所にもう一度立ってみて」

「だから、何で」

「ほら、鳥居の影が伸びているでしょ？　あのてっぺんの部分、あれ、笠木《かさぎ》って言うんだけど、あの笠木の影を踏んだものを、題材にして小説を書いてみる」

何だ、それ？　と呆《あき》れた声を上げるトシに、

「別に困ることなんてないじゃない。本当はこれでおしまいになるはずだったんだから。最後に一度くらい、私の言うとおりに書いてよ」

とシュンは今も片手でふわふわと回しているマフラーの端を、「これ、うまくいくおまじない」といきなりぶつけてきた。鼻先をこする、やわらかい繊維の感触から逃げるトシに、

「ねえ、お腹空《なかす》いた。スパゲッティ食べに行こう。『明太子《めんたいこ》、いか、しそ』のスパゲッティが食べたい」

と脳天気に告げ、女は先に歩き始めた。「ち、ちょっと。何だよ、いきなり」とあとを追って鳥居から離れたとき、いつの間にか頰のこわばりが、どこかへ消え去っていることに男は気がついた。

*

翌日、トシはふたたび日暮どきに鳥居前にやってきた。いったい自分は何をやっているのだろう、と馬鹿みたいに感じるところも大だったが、コンビニのアルバイトのシフトは夜からで、まだ時間もあることだし、とのこのこ来てしまった。

天気は昼間からの快晴である。だいぶ傾いた陽の光に押し倒されるように、鳥居の影は地面に黒々と太い線を描いていた。あの鳥居のてっぺんにのった、横木の影を踏んだものを書け、と彼女は言った。それにしても、よくシュンはあの横木の正しい呼び方が「笠木」だと知っていたなと思う。昨夜、その聞き慣れぬ言葉について調べ、彼女の知識が正確だったことを目《ま》のあたりにし、驚いてしまったトシである。

昨日と同じく鳥居の柱を背にして、男はそれとなく四方に注意を払った。この時間、鳥居前の歩道の人通りはめっぽう少なく、さらに影が伸びている参道に至ってはいっさい動くものが見当たらない。これでは書こうにも、何も材料がないではないか。まさか、「無」について書けというわけじゃないよな、といよいよ馬鹿馬鹿しくなって空を仰いだとき、不意に黒いものが視界を横切った。

　そのまま参道の石畳の上に降り立った黒い影を、無意識のうちに首をねじって目で追った。カラスだった。こちらに尾を向け、くちばしには白いビニール袋をくわえ、ちょんちょん、と跳ねるように石畳を進んだのち、急に首を回した。

　鈍く光る、真っ黒で小さな目玉と明らかに視線が合った。ポトリとそのくちばしからビニール袋が落ち、「カ」と短く鳴いて、カラスは地面を蹴《け》り、羽ばたいた。それは袋を「お前にやるよ」と残していったようにも思えたし、単に人の気配を警戒して飛び去っただけにも見えた。

　しばらく鳥居を背に突っ立ち、男はまさしくシュンが指定した場所、笠木の影の上にちょこんと置かれた、口を縛られた白いビニール袋を見つめた。あまりに出来すぎた展開に思えるが、カラスが舞い降りて影を踏み、さらに物を放置していったのは紛れもない事実である。

　このまま放っておいてもゴミになるだけなので、袋を拾おうと二歩、三歩と踏み出したときだった。

「――ったく、誰じゃいッ」

　としわがれた声が放たれ、杖《つえ》をついた老人がせわしげにトシの視界に割りこんできた。笠木の影を踏みつけるように、白いビニール袋の手前で足を止め、老人は杖の先で表面をつついた。

「あんたかい」

「い、いいえ、ちがいます」

とトシは慌てて首を横に振る。その声が届いているのか、いないのか、「フンッ」とことさらに鼻を鳴らして、老人は腰を屈《かが》めビニール袋を拾い上げると、肩を怒らせたまま境内へと進んでいってしまった。

ちょうど鳥居の影の真ん中にぽつんと取り残された格好で、トシは老人の後ろ姿を見送った。長居する気にもなれず、ポケットに手を突っこみ、鳥居から離れて通りに出た。コンビニのバイトが始まる前に、何か食べておこうと駅前に向かう間に、シュンに電話した。

「どうだった?」

やけにうれしそうに出た相手に、「どうもこうもない」とトシはカラスが袋を持ってきたこと、老人がそれを拾って立ち去ってしまったことを、ありのまま伝えた。

「それ、私が言った影のところで起きたの?」

「そうだよ」

「じゃあ、そのカラスと、ビニール袋と、おじいさんが出てくる話を書きなよ」

あまりにあっけらかんと返ってきた言葉に、

「そんな簡単に書けるはずないだろ。だいたい、ビニール袋の中身だってわからないのに」

と苛立《いらだ》ちを抑えながら応《こた》えるや、

「じゃあ、ミステリーっていうの？　中身がわかんない、何だろう、って話にしたらいいじゃない」

と間髪をいれず彼女の声が届き、「じゃ、これからリハーサルなんで」とあっさり電話を切られてしまった。

一人で牛丼《ぎゅうどん》をかきこんでから、コンビニのアルバイトに向かった。レジに立っているときも、おにぎりを棚に移しているときも、古くなった雑誌を抜き出しているときも、肉まんとピザまんをスチーマーに補充しているときも、気がつくと「カラス」「白いビニール袋」「杖をついた老人」を使って、何か話を組み立てられないか考えていた。

これまで彼が書いてきた小説は、いずれも自分と同世代の男が登場する、どちらかと言えば「動」より「静」が勝る話が多かった。そういうものが、得意だと思っていた。たとえば、白いビニール袋の中身が何か、といった「謎《なぞ》」を話の中に仕掛けることなんて皆無だったし、そもそもそういった読み手を強引にでも引っぱっていく話は自分にはまったく無縁のもの、苦手なものと思いこんでいた。

でも、これで最後なのだ、今さら苦手も何もないではないか、とトシはスチーマーの最下段にイカスミまんを押しこみ扉をぱたんと閉めた。そのとき、不意に頭の中で、まるで外から撃ちこまれた砲弾が炸裂《さくれつ》したかのように、「カラス」「白いビニール袋」「杖をついた老人」を使った小説のアイディアの芽がぐんぐんと育ち、展開し始めたのである。

それから、二カ月かけて、トシは一本の作品を書き上げた。

カラスと名乗る連続殺人犯を追う刑事。事件のたびに、犯行現場に残される謎の白いビニール袋。常に現場付近で目撃される杖の老人。謎が謎を呼ぶ展開を散々繰り広げたのち、カラスの習性を利用した犯行が明らかにされていく。老人の正体は、実はカラスへの餌付《えづ》けを趣味とする独り身の男性であり、犯人はこの老人を利用してカラスを一カ所に集め、毎度、公園で被害者を足止めする計画を実行していたのだ。白いビニール袋には、ある一定の温度になるとフェロモンが放出され、事後は何も残らないよう工夫された餌《えさ》が入っていた——。

ミステリーを書くのは、生まれてはじめての経験だった。果たして、事件にまつわる構成やアイディアが陳腐なのか上等なのか、トシには判断がつかなかった。ただ、老人の孤独であったり、仕事について家族の理解を得られず、孤立しがちな刑事の日常の部分に関してだけは、これまで書いてきた小説で培《つちか》った丁寧な描写で埋めることを忘れなかった。

小説をとあるミステリー系の新人賞に応募して、二カ月後、コンビニのアルバイトに向かおうと家を出たところへ、見知らぬ電話番号から着信があった。誰だろう、と訝《いぶか》しげに出たトシの耳に、出版社の編集者を名乗る男性が、応募した『カラスデスカラス』が見事、小説新人賞の大賞に輝いたことを告げた。

＊

とうとう、デビュー作の見本が刷り上がったとき、半年前に授賞の電話をくれた芥《あくた》河《がわ》という、たいそうな名前の編集者は、

「今だから言いますけど、斉藤さんが受賞できたのは奇跡でした。ほとんど、神懸かりと言っていい。下馬評では最終選考に残った作品のうちで、いちばん評価は低かった。それが、なぜか他の作品が討議のなかでそれぞれの欠点をあげつらわれるかたちで脱落していって、最後に斉藤さんが残った。僕はこの作品、決してレベルは高くな

いと思う。アイディアも荒削りだし、詰めも甘い。でも、出てくる人間と文章がいい。器のかたちはいびつだけど、ちゃんとその中が意味あるもので満たされている。だから、どんどん書いてください。器のかたちは鍛えれば鍛えるほど、よくなるから」

と手厳しい言葉とともに、トシを世に送り出した。

トシはすぐさま次の作品に取りかかった。

デビュー作よりもよいものを書かねばならないプレッシャーは、ときに吐き気を催すほどきついものだったが、人に依頼されて書くという、今までと百八十度異なる環境は、彼をこの上なく奮い立たせた。

デビューを前に改めて男が思い知ったのは、いかに自分の視野が狭まっていたか、ということだ。まさに、シュンが指摘してくれたとおり、自分が得意だと思う題材を選ぶことで、さらなる深みを表現していたつもりが、実際は自分の楽なほう楽なほうへと流れていた。彼女に提示された、メチャクチャとも言える題材を選んだおかげで、トシは小説というものの自由さにようやく気がついたのだ。

シュンには、デビューが決まって、いのいちばんに感謝の言葉を伝えたが、なぜか彼女は「そんなこと頼んだ覚えはない」と鳥居の一件について知らぬ存ぜぬの一点張りでとぼけ続けた。まあ、それもシュンらしいと思い、以後、その話題に触れることはなかったが、シュンがこれまでかたくなに開くことを拒絶していた扉の向こう側の世界に自分を導いてくれたことは、疑いのないことだった。

もっとも、デビュー作はほとんど売れなかった。

コンビニでアルバイトを続けながら、ここで脱落したら元の木阿弥《もくあみ》になると、トシは石に嚙《かじ》りつく思いで二作目の執筆に励んだ。芥河は「もっと、その器のかたちを選んだ理由を考えて」と、出来上がった作品に対し、何度も推敲《すいこう》を促した。やっと完成した二作目は、デビュー作よりも少しだけ売れた。まだアルバイトを辞めることができぬまま、トシは次の作品を書き上げた。三作目が世の本屋に並んだとき、トシはすでに三十歳になっていた。

コツンと小さいながらも、確かなヒットの手応えがあった。はじめて書評が新聞に載った。さらには、連載の仕事が舞いこんだ。

いよいよ小説誌で連載が始まるのを機に、トシはついにアルバイトを辞め、筆一本に賭《か》けることを決断する。

その後、トシはひたすら書き続けた。デビューしてから十二年、数えて十作目の小説を出したときだった。トシは誰もが知っている大きな文学賞を受賞する。その受賞記者会見にて、多くのテレビカメラと記者たちの前で、トシは開口一番こう言った。

「一度はあきらめかけました。本当に、夢みたいです」

その三

はい、どうもどうも。

あんたも、お疲れさま。とりあえず、片方はこれで完了だね。

こういうやり方ははじめてだから、どこまでそのままを保って、どこまで力を添えていいのか、迷っちゃったよ。あんたも、このアプローチは、はじめてだよね？ その割にはずいぶん慣れた感じだったけど。特に打ち合わせることなく、あんな具合に姿を変えられるんだから。

だいたい、あんた、本を書く書くって言っているけど、いつになったら始めるの。この前の引き継ぎレポートがさほど評判にならなくて、次の依頼が来ないって愚痴っていたよね。それなのに休暇でバカンスに行くと聞いたときは、私も心底呆れたものだけれど、こうして休暇を切り上げて、ついてくると決めたのは、いい加減、危機感持ったからでしょ？ だったら、さっさと書き始めなさいよ。今の彼に比べても、あんた、全然真剣さが足りないよ。さすがに人間に負けたら、まずいでしょうよ。

ところで、あの白いビニール袋の中身って何だったの？　今まで気にならなかったけど、この神社に来たときから、あんた、そこに袋をぶら下げているよね――。そう、それ。それが、あのビニール袋に変わったわけでしょ？　商売道具？　へえ、ライターの商売道具なんてあるんだ。ちょっと見せてごらんよ。あ、消えちゃった。おお、いつの間にそんなところに。意外と力の使い方が器用なんだよなあ。

そんなことより、次は女のほうだね。

あれ、ひょっとして、もう次の準備に入ってる？　分け前はあげないって言ったのに、何でそんながんばってるの。ひょっとして、このヘルプの内容もレポートにまとめて、上に提出するつもりじゃないだろうね。だから、駄目なんだって、そのやり方じゃ。小物を出すんじゃなくて、大物をぶつけなくちゃ。覚悟を決めて本を書きなさいよ。あ、勝手に時間を一年、進められた。

仕方ない。

次、始めますか。

その四

ある冬の日暮のこと。

鳥居を背にして、細かく足踏みをしながら、一人の女がぼんやりと薄雲が棚引く空を見上げていた。

彼女の名はシュンという。もうずいぶん長い間、鳥居の前から動かないでいる。ちらりと腕の時計に目をやり、あと少しで待ち合わせの時間であることを確かめてから、彼に何て言おうかな、と改めて重い気分で、少しずつ色が沈みゆく空をふたたび仰いだとき、二人が付き合うと決まって真っ先に考えたことをひさしぶりに思い出した。

「このまま、もしも彼と結婚したら、何だか笑っちゃう」

我ながらヘンな心配をしたな、と今となっては苦笑するしかないが、そんな先走ったことを考えたのも、二人の名前が特別な関係にあったからだ。

彼女の名前が「瞬」と書いてシュンであるのに対し、彼の名前は「俊」と書いて「シュン」。これだと互いに名前が呼びにくいので、彼女のほうが勝手に、彼をトシと呼ぶことに決めた。それでも、このままもしも、結婚して彼女が彼の姓を名乗るとなると、「斉藤シュン」が並ぶわけで、どうにもくすぐったく、笑っちゃうしかない。

もっとも、「フルネームで名前を呼ばれたときに、いっしょに返事したら、まるでコントだな」なんて空想をいくら弄んだところで、未来ははるか遠い。今のシュンにはまったく己の将来が描けない。二人のことになると、もはや霧の彼方《かなた》である。

腹の底から長いため息をついて、手袋をはめた手で頬をさすった。昨日じゅうに、オーディション結果の通知があるはずだった。しかし、スマホの着信音は一度も鳴らぬまま、朝を迎えた。何かのトラブルで向こうが連絡できなかった、自分のスマホが一時的に壊れていた、挙げ句、携帯会社の中継基地に故障が発生したのかも――、と疑いの芽は眠れぬ時間とともに、どんどん大きくなっていく。明け方ようやく眠りに落ち、目が覚めてハッとしてスマホを確認する。当然のように、何の変化もない画面を見たとき、ようやく「駄目だった」と悟るのだ。

これまで何度も繰り返してきた光景だった。

だが、今度はただの終わりじゃなかった。

このオーディションに合格しなかったら、もう芝居の道はあきらめる。そう、決めていた。大学を卒業して、すでに四年が経《た》った。劇団に入ったり、辞めたり。また新しい劇団の立ち上げに参加したり、辞めたり。居場所はなかなか定まらなかったけれど、演じるということから離れずにいた。レンタルビデオ屋のアルバイトをしながら、劇団の公演チケットを捌《さば》き、何とかお金のやりくりをして舞台に立ち、一方で映画やテレビのオーディションを受けてきた。でも、そろそろ限界だった。いつまで経っても先が見えぬ毎日に、悲しいけれど、疲れてしまった。

この道をあきらめるという決断を、まだトシには言っていない。

トシとは、互いに目指すものについて口出ししないという暗黙の了解がある、と彼女は思っている。演劇の公演チケットを捌くノルマに苦しんでいるときも、トシに買わせることはなかった。自分と同じくらい経済的に厳しいなか、小説家を目指していることを知っていたからだ。

ただ、一度だけ、シュンはトシに口出ししたことがある。トシが小説家の道をあきらめようとしたとき、あと一作だけ、自分の言うとおりに書いてくれと頼んだのだ。

もっとも、奇妙な話だが、シュンにはそれについての記憶がいっさいない。トシから、自分が言ったことを聞かされても、「笠木？　何、それ？」といちいち話が嚙《か》み合わなかった。彼のほうは、どうも恩を着せないよう、シュンがとぼけているのだと途中で勝手に判断したようで、その後、この話題が二人の間に上がったことはない。彼女も薄気味が悪いとは思いつつ、トシが小説家デビューするきっかけとなったのならそれでよい、と何ら深く考えることなく、今に至っている。

二人の出会いは、駅前の五階建て雑居ビル「バベル九朔《きゅうさく》」の一階にある「レコ一」という古レコード屋だった。ともにそこでアルバイトとして働いていたのだ。店のオーナーが替わり、アルバイトを雇わない方針になったことで二人は店を離れたが、その後も音信は続き、彼女が大学を卒業する少し前から付き合いが始まった。トシの小説家への挑戦を、彼女はずっと応援していた。だから、彼の成功は我がことのようにうれしい。でも、それだけに、すうっと高い場所へ行ってしまった彼に対し、一人置き去りにされた愚図な自分を思うとき、どうにもならぬ焦《あせ》りとみじめさを感じてしまう。

「お待たせ」

いきなり横から声をかけられ、驚いて顔を向けると、そこにトシがいた。

「どうかした？」

何でもない、とシュンは頭を振り、寒さを振り払おうと足踏みした。彼には先週、映画のオーディションを受けたことを伝えている。でも、最後のオーディションにするつもりだったとは、まだ教えていなかった。

「駄目だった」

そうか、とトシは首に巻いたマフラーの端をつまみ、二度、三度と回してから、

「残念」

とつぶやいた。

「私、働くことにした。もう、おしまい。これで最後にしようと思ってた。劇団も先週、辞めたんだ」

目を合わさずに、かすれた声を発するシュンを見下ろし、

「もう一度だけ、チャレンジしてみるのはどう?」

とトシはマフラーをいじる手の動きを止めた。「え」と思わず声を上げ、彼女は相手の顔をまじまじと見返した。

トシはあまりよいとは言えぬ顔色をしていた。三カ月前、ついに『カラスデスカラス』という変なタイトルのデビュー作が世に出たが、売れ行きはくやしいことにさっぱりだった。深夜のコンビニバイトを続けながら、次の作品の執筆に取り組んでいる彼の顔色は、デビュー前よりも悪くなっていた。デビュー前よりも、ずっと苦しんでいた。

「ちょうど一年前の俺のときと同じように」

「え?」

「いや、こっちの話。それよりも、本当はまだやりたいんじゃないの？　シュンは演じるのが大好きなんだろ？」

そりゃ、と口が開きそうになるのを、たった今、やめると決めた話をしたばかりなのに、とシュンは慌てて止めた。

「ただし、条件があるんだ」

手から垂れ下がったマフラーの端で、男はふたたびふわりと円を描いた。

「俺が言ったとおりの演技プランで、次のオーディションを受けてほしい」

しばし無言で見つめ合ったのち、

「演技プラン？　トシが考えた？」

と疑いに満ちた眼差《まなざ》しとともにシュンは返した。

「それはこれが決める」

はい？　と裏返った声を発する彼女の背後に控える鳥居の柱に、トシはぱちんと音を立てて、手のひらを置いた。

「思うに、シュンは自分に近すぎる役ばかり選んできたんじゃないかな。そのほうがきっと演じやすかったからだろうけど、観客は他人であって、シュンじゃない。その役がシュンに近いかどうかなんて、シュン以外には誰もわからない。役に自分を合わせるのは当たり前だけど、だからといって自分を基準に役を選ぶ必要はない、もっと広く門戸を開くべきだと思うんだ」

負けん気の強いシュンであるから、こうした意見めいたことを真正面からぶつけられた場合、すぐにカッときて拒絶の意思を示してしまうのだが、あまりに突然の相手の変貌に、呆気に取られてその口を見つめるばかりだった。何しろ、シュンが出た舞台もこれまで二度しか観《み》にきたことがないし、その感想を求めても、

「声がよく出ていてびっくりした」

と子どものようなコメントしか返ってこなかったトシである。

「これまで応募した役を、思い返してごらんよ。どれも、どこかシュンに似ている」

「そりゃ、私に色気のある役や、クールな役柄ができるわけないじゃない。全然、普段の私と違うもの」

「そこだよ。だから、そんなこと、観客には関係ないんだ。それは単に自分が演じやすい役を選んでいるに過ぎない。今度は、敢えてシュンとは正反対の役を選んでみる。そうすることで、自分に近づきすぎないようにする」

やけに鋭く、的確にこちらの弱点を突いた指摘に、思わず彼女も「ううむ」と腕を組んだ。確かに、これまでオーディションで応募した役は、すべてが自分に近い、つ

まりは「演じやすい」と思えたものばかりだった。それだけにオーディションに落ちたときは、素の自分に魅力がないからだ、そもそもの自分がつまらないからだ、と落ちこんでしまう。これだけは、どれだけ経験したって、慣れることはできなかった。

「でも……何で、そこに鳥居が出てくるのよ」

「繰り返しになるだけだから、さっさと伝えてしまうけど」

「はい？」

「いいから聞いて。明日の今ごろ、この場所にもう一度立ってほしい。ほら、そこに鳥居の影が伸びているだろ？　あのてっぺんの部分、あれ、笠木って言うんだけど、あの笠木の影を踏んだものを使って演技プランを立てる」

何、それ？　と素《す》っ頓狂《とんきょう》な声を上げるシュンに、

「まあ、なるようになるから。これ、うまくいくおまじない」

と男は今も片手でふわふわと回しているマフラーの端をいきなりぶつけてきた。鼻先をこする、やわらかい繊維の感触から逃げるシュンに、

「はあ、お腹空いた。ひさしぶりに、牛タン定食どうかな？」

と脳天気に告げ、男は先に歩き始めた。「ちょっと、待ってよ。何なのよ、いったい」とあとを追って鳥居から離れたとき、いつの間にか落ちこんでいた気持ちが、ど

こかへ消え去っていることに彼女は気がついた。

＊

翌日、シュンはふたたび日暮どきに鳥居前にやってきた。

何を言いなりになっているのか、と自分に腹も立つのだが、レンタルビデオ屋のアルバイトのシフトは夜からで、まだ時間もあることだし、と冷え性なのに、のこのこと出てきてしまった。

空は晴れているが、風は冷たい。鳥居の柱の横に立ち、足踏みしながら、参道に向かって伸びる長い影を目で追う。どうも一年前に、これと同じ話をトシの口から聞いたような気がするのだが、よく思い出せない。しかも、その話を私のほうから持ちかけた、ってことになってたような——どうだったっけ？　と首を傾けたとき、がさがさと羽ばたく音とともに、いきなりカラスが視線の先に降り立った。ちょうど笠木の影が差す石畳の上を、カラスは尾を振りながら、ちょんちょんと跳ねている。そのくちばしからは、白いビニール袋がぶら下がっている。どこかでゴミを漁《あさ》ってきたのだろうか。その脂《あぶら》を引き延ばしたかのような、不気味に黒光りする姿に、苦手だなカラスは、と目をそらそうとしたとき、不意に相手が首を回した。一瞬視線が合ったのち、

「カ」

とひと鳴きして、カラスは飛び立った。あとにはビニール袋が、まるでトシの言葉を知っていたかのように、まさに笠木の影の真上に、ぽつんと置き去りにされていた。そのまま放っておくわけにもいかず、ゴミを拾おうと二歩、三歩と踏み出したとき、

「——ったく、誰じゃいッ」

といきなり真横から荒々しい声が響き、シュンは驚いて顔を向けた。白い息を吐きながら、杖をついた老人が近づいてくる。ビニール袋の手前、すなわち笠木の影の上で足を止め、老人は杖先で袋をつついた。

「あんたかい」

「い、いえ、違います。カラスです」

慌てて顔の前で手を振って否定したが、老人は「フンッ」と鼻を鳴らし、ビニール袋を拾い上げ、シュンには見向きもせずに境内へと立ち去ってしまった。

しばらく老人の後ろ姿を見送ってから、こんな寒いところに突っ立つのはもうゴメンだと、さっさと鳥居を潜《くぐ》り通りに出た。駅に向かいがてらトシに電話すると、

「どうだった？」

と妙にうれしそうな声が聞こえてきた。「どうもこうもない」とシュンは今起きた

ばかりのことを、ほとんどまくし立てる勢いで伝えた。

「なら、次のオーディションでは、カラスと、ビニール袋と、そのじいさんを使おう」

「何、言ってんの？　どう使えって言うのよ」

「まあまあ、大丈夫だよ」

「何よ、大丈夫って。いい加減なことばっかり言わないで」

馬鹿馬鹿しさが今となって押し寄せてきているシュンが声を荒らげても、「ゴメン。今、芥河さんと打ち合わせ中なんだ」とあっさり電話を切られてしまった。

苛々した気持ちを抑えられぬまま、レンタルビデオ屋でのアルバイトを終え、シュンはコンビニで弁当を買って家路についた。アパートの部屋の玄関ドアを開けると、ハガキが一枚、郵便受けに入っていた。

「あ」

ずいぶんむかしに応募した、テレビドラマのオーディションの連絡だった。ハガキの裏面には、撮影スケジュールの変更等、諸般の事情により延期になっていたオーディションを再開することになり、書類審査の通過者にハガキを送付する旨《むね》が書かれていた。とうに落ちていると思っていた、いや、応募したことさえ忘れていたオーディションだった。

部屋のこたつに潜りこみ、足が温まるのを待ちながら、シュンは机に置いたハガキと睨《にら》めっこした。

一週間後、彼女はオーディション会場にいた。審査の内容は、台本のコピーを渡されてのセリフ読み、さらにその場で与えられたお題で、五分間の即興演技を披露する、というものだった。自分の名前が呼ばれるまで、廊下で天井を見上げ、会場に到着する前にトシから送られてきたメールを思い出した。そこには、「カラス、白いビニール袋、おじいさん」とだけ書かれていた。

「――瞬さん」

ドアが開いて、バインダーを手にしたスタッフの女性が顔を出した。これが本当に最後なんだ、と想《おも》いをこめて、胸のあたりを拳《こぶし》でドンと一発叩《たた》いてから、「ハイ」と返事した。

部屋にはパイプ机がひとつ置かれ、そこにプロデューサーと監督が座っていた。二人の前で自己紹介したのち、渡されていた紙のセリフ読みを終えると、五分間の即興演技のお題を与えられた。

「相手にあることを強く求めるけど、それがいざ実現したとき、失敗したと気がつく」

という妙に限定的な内容だった。

まったく、トシの言葉を守るつもりなんかなかった。しかし、準備のための三分間を終え、「じゃあ、お願いします」とプロデューサーが合図したとき、不意に頭の中で、まるで外から撃ちこまれた砲弾が炸裂したかのように、「カラス」「白いビニール袋」「おじいさん」を組み合わせた演技のアイディアの芽がぐんぐんと育ち、一気に展開し始めたのである。

どうして、そんなことを思いついたのか、自分でも理解できぬストーリーだった。白いビニール袋が道端に落ちている。袋の中には、ある秘密が入っている。それをたまたま通りがかったカラスと老人が奪い合うのだが、途中から、カラスも老人もともに神社の神さまが姿を変えているという設定になってしまい、最後には袋を手に入れるかわりに、老人が一年分の賽銭《さいせん》をカラスに渡すことで手を打ち、さてさてと袋を開けるが、中身を確かめた途端、「ギャッ」と声を上げて卒倒してしまう――。というところまで演じたのち、「以上です」と顔じゅうに汗を滲《にじ》ませながら、チラリと机の二人の表情を確かめてから頭を下げた。

年配のプロデューサーのほうは難しい顔をして腕を組み、若い監督のほうは手にしたペン先で机を叩きながらニヤニヤ笑っていた。

「これは新しいの来たなあ」

とつぶやき、監督はペン先をシュンに向けた。

「ねえ、何で、そんな話にしようと思ったの？」

何でと言われても、自分でもよくわからない。それでも、一瞬の逡巡《しゅんじゅん》を経たのち、彼女は正直に、これが自分にとって最後のオーディションであること、今までと同じことをやっても同じ結果になるだろうから、思いきって自分から最も遠い演技を試みたことを説明した。

「いつもだったら、どんな演技していたのかな」

「恋人との喧嘩《けんか》……です。喧嘩をしたあと、悲しんでいる女の子を演じたと思います」

ぐっと耐えるような仕草ののちに、目に涙を滲ませる演技が得意だと自分では思っていた。だから、きっとそれを使うシチュエーションに話を持っていっただろう。実際にこのヘンテコなアイディアが湧《わ》く前まで、そのプランでいくつもりだったのだ。

「それにしなくて、よかったよ。みんな、そんなのばっかだから」

まだ口元に笑みを残しながら、監督は手元の紙に何かを書きこんだ。プロデューサーは最後まで興味なさそうに、無言で二人のやりとりを眺めていたが、話が途切れると「はい、どうも」と合図を送り、シュンは一礼して部屋をあとにした。

プロデューサーの反応の薄さから、これは駄目だろう、と早々に見切りをつけていたシュンだった。それだけに、一室にオーディションに参加した全員が集められ、結果が発表され自分の名が呼ばれたとき、何かの間違いが起きたのかと本気で思った。

もちろん、主役ではなかった。それでも女性では三番手の重要な役に選ばれたことをプロデューサーは告げ、「よろしく」とはじめて見せる笑顔で、すでに出来上がっている一話目の台本をシュンに渡した。

*

これまで、ほんのチョイ役でなら、彼女もテレビドラマや映画に出たことがあった。でも、いずれも名前のある役ではなかったし、セリフも三秒を超えるものはなかった。それが今度は役の名前がある。毎回の出番がある。たとえ、深夜ドラマであっても、それははっきり「デビュー作」と言えるものだった。

それから三カ月後、最終回の撮影を終え、打ち上げの席でプロデューサーは、「今だから言うけど、シュンが選ばれたのは奇跡だった。ほとんど、神懸かりと言っていい。本当は別に有力な候補が何人も上にいたんだ。でも、僕と監督の意見がなかなか合わなくて、最後にシュンが残った。僕は渋々、君を選ぶことに同意したけど、今はそれが正しい選択だったたと思っている。撮影を見て感じたんだけど、シュンは自分という器の作り方がいい。器は作り方次第で、新しいかたちを生み出すことができる。オーディションのとき、あの変な芝居で道を拓《ひら》いたようにね。だから、これからも、いろんな役に挑戦したらいいよ。応援してるから。でも、まだまだ、どうしようもない下手くそだってこと、忘れんなよ」

と手厳しい忠告も添え、今後へのエールを送った。

「腹が減ったら、ところ構わず弁当をバッグから取り出し、食べてしまう新人ＯＬ」

というのが、彼女がドラマで演じた役どころだった。もしもオーディションで恋人との別れの芝居を選択していたら、つかむことはできなかっただろう役だった。これまで自分が得意だと思う演技を見せることで、深みを表現しているつもりだったが、実際はそれしか自信をもって他人の前で披露できるものがなかったのだと、今となってはわかる。ようやく彼女は、芝居の本当の自由さ、怖さ、そしておもしろさに触れようとしていた。

トシには、デビューが決まって、いのいちばんに感謝の言葉を伝えたが、「あれ、そんなこと言ったっけ？　メールも覚えがないなあ」となぜか最後までしらを切り通された。あまりに小説のことで頭がいっぱいで、どこかおかしくなっているのかも、とそれ以上、その話題を続けるのはやめたが、トシが自分を、膜の先に風景は見えるのに、どうしてもすり抜けることができなかった向こう側へと導いてくれたことは間違いなかった。

果たして自分の芝居がいいのか、悪いのか、まったく手応えがつかめぬまま、とにかく無我夢中で演じきったら、ドラマの放送が終了したのち、小さな事務所に声をかけられた。それからは事務所が持ってきた仕事、自分から受けたオーディション――、名前がある役、ない役、何でも全力で取り組んだ。

もっとも、事務所に所属しようと、経済的に苦しいことにはかわりない。アルバイトを続けながら、ここで弾《はじ》かれたらもう二度目はない、と必死になって食らいついていたら、デビューして三年目、予算の少ないインディーズ映画の主演オファーが舞いこんだ。食事が出るほかは、実質的にギャラはないという条件で、伊豆の山中に一カ月、スタッフも演者も全員が籠《こ》もって撮影された映画が、ひっそりと公開されたとき、シュンはすでに二十八歳になっていた。

わずか一館の映画館での上映、しかもたった十日間という短い期間の公開だったにもかかわらず、これが口コミで評判を呼んだ。一週間、また一週間と公開が延び、さらには地方の単館系での公開が追加で決まった。公開から三カ月後、新聞の取材が来た。雑誌の取材も受けた。公開の半年後には、ゴールデンタイムに放映されるテレビドラマへの出演オファーが舞いこんだ。どうやら、細々としたものながら流れをつかんだらしい、と感じ取れるようになったとき、彼女はアルバイトを辞めた。

シュンはその後も芝居に打ちこみ続けた。次の年、深夜ドラマで主役を演じた。二本のCMにも出た。さらにその翌年には、大河ドラマに端役《はやく》ながら出演した。

その後も着々と役をこなし続け、デビューから八年が経ち、彼女が三十四歳の誕生日をもうすぐ迎えようとするとき、ついに朝の連続ドラマの主役に抜擢《ばってき》される。その制作発表会見にて、多くのテレビカメラと記者たちの前で、シュンは開口一番こう言った。

「一度はあきらめかけました。本当に、夢みたいです」

その五

そう、夢。

夢なんです、これは。

今の今まで、君たちの身にあれこれ起きたこと、全部嘘偽《うそ》りのない夢です。

ほら、ときどき妙に端折《はしょ》ったり、同じことが繰り返される部分があったでしょ？

あれ、夢だから再利用できるところはもう一度使っちゃおうってことで、手早く済ませたからなのね。

夢のなかでは、ざっと十年分くらい時間が流れたかな。長々とお付き合いいただき、ご苦労様。これがここの神社のやり方だって言うから。夢のなかでの成就も実績にカウントされるっていうから、つい私も本気を出して作りこんじゃった。

心配は無用。現実ではまったく時間は経っていないから。君たちがこの鳥居の前で待ち合わせて出会ってから、実際に経過した時間は、せいぜい二秒、いや三秒ってとこかな。ほら、道路を走る車がどれも止まっているでしょ。時間を止めている最中だから。

私は誰か――？

よくぞ聞いてくれました。

私はこの神社でしばしお勤めすることになった神であります。

要はヘルプの神ってことだけど、任された仕事は正規のものだから安心して。

こっちは、私の助手。

こんな地銀営業マンみたいな髪形に、黒縁メガネかけて、やたらお固い格好しているけど神だから。

というわけで、はじめまして。シュンくん、シュンさん。なるほど、確かに続けて呼んでみると変な感じだね。これは君たちに倣《なら》ってトシ、シュンで呼んだほうがいいのかな。

そうそう、肝心のどうして声がけしたかってことだけど、端的に言うと君たちは選ばれたの。ここは学問・芸能を司る神がおわす神社で、君たちの願い事を叶《かな》えてあげることになったわけ。言っておくけど、これ、すごい幸運なんだからね。五億円の宝くじが当たるよりも、はるかに格上の幸運。だから、君たち、もう少しよろこびなさいよ。まさに今、最上級の奇跡にコンタクトしているんだから。

わざわざ長い夢を見せたのは、それがここのやり方だから。予行演習と言ったらいいのかな、いや、今の言葉ではインフォームド・コンセントのほうがしっくり来るかな――。とにかく、ある程度、先のことを見せるわけ。もちろん、中身は私が作った夢だから、100%の確実性を持っているわけじゃない。あくまで近似値と考えるべきかな。たとえば、トシが新人賞を取った小説のアイディア。あんなのじゃ、到底デビューできないだろうね。だって、私が一秒で考えた出鱈目《でたらめ》の筋だもの。だいたい、カラスにフェロモンなんて効かないし。犯人がカラスを使ってどう犯行を重ねたのか、説明はからっぽだし。

鳥居の影の場面も、私と助手でひと芝居打っただけだから。カラスはこっちの助手が、老人は私が、それぞれ姿を変えて夢にお邪魔したわけ。この鳥居でのスタート場面は、それぞれの相手に私が姿を変えて仕掛けた。ほら、笠木の部分の影を踏むうんぬんの話を、お互い持ちかけた覚えがなかったでしょ？ あれは待ち合わせの場所に来た相手が、どちらも私だったってこと。

ひと言で夢といっても、虚実が入り乱れたものだからややこしい。たとえば、君たちがデビューしてからの苦労は、全部私が作った夢のストーリーだけど、そのストーリーのなかで君たちが悩み、理解し、成長した部分は本物。あの夢には、今後の君たちが道を切り拓くために必要であろうヒントが、いっぱいちりばめられていたんだ。それが経験として、これからの君たちの意識の底に残る——、これが五億円の宝くじが当たるよりも幸運だって意味。君たちは、この先十年分の体験を、しかも限りなく成功につながる可能性がある知恵と経験を、頭の中にこっそり蓄えることができるんだ。

さあ、どうする？

夢での経験をこれからも引き継ぐ場合は、私が言霊《ことだま》を君たちに打ちこむ。もしも打ちこまない場合は、元の時間の流れに戻った瞬間、君たちはすべてをきれいさっぱり忘れる。

実にまどろっこしいやり方だけど、芸能は大成するまで時間が必要だから、こんなかたちを採るんだろうね。成功までの長い長い時間をこれから費やす覚悟が本当にあるかどうか、夢のなかで体験させることで、改めて本人に確認するわけだ。縁結びとはまるで違う。あっちはなるようになれというか、行き当たりばったりというか、ことん刹那《せつな》的というか。そのぶん、いろいろなドラマがあって、そこがおもしろいんだけど――。

あ、話が逸《そ》れたね。それでは、返事をいただこうかな。

どちらを選ぶにしろ、二人とも仲良くやるんだよ。仕事柄、たくさんの組み合わせを目にするけど、君たちお互い愉快な名前だし、相性もいいから、トシ＆シュンとして、これからも助け合っていきなさいよ。

ん？

何で、引っ張るの。

やめなさいよ、そんな力だとシャツが破けてしまう。あ、ごめんごめん、助手の奴《やつ》が急に後ろから、ちょっかいかけてきて。コラ、やめなさい、だから、引っ張らない。

え？

私にまだ言っていない、この二人について大事な話がある――。

どういうこと、それ。

夢のなかでは敢えて描かなかったその後がある。ともに成功したあと、互いに忙しくなりすぎて、すれ違いの結果、二人は別れる――。ちょっと待って。どうして、あんたがそれを知ってるの。ここの神から聞いた、私にその部分は見せないように頼まれたから、夢にこっそり細工していたって――。

タイム。しばし、タイム。

ごめんね、君たち。少しの間、我々だけで話させてくれるかな？

あんた、こっち来なさいよ。

何なの、その話。認められるわけないじゃない。こちとら縁結びの神だよ。確かに、今の所属はフリーだけど、縁結び一筋千年の神だよ？　私にはわかるんだ。あの二人はきっとうまくいく。結婚してかわいい子どもも生まれる。感じるんだよ、二人のよき前途を。

それはすべてを忘れ、何もなかったことにした場合の話。もしも彼らの芸能の願い事を成就させたときは、結末は当然、大きく変わってくる。

そうか。

そういうことか。

ちょっと待って。

少し考えさせてくれるかな。

＊

失礼。想定外のことが起きてしまって。でも、納得した。いや、納得した、と思いこむことにした。

意見が決まったのなら、聞きましょう。ふむふむ……、二人とも夢での経験を引き継ぎたい。

わかり……ました。

こちらが、この神社で大事に使われている、芸能についての神通力《じんつうりき》が籠められた御札です。

願いを叶えるべし。

願いを叶えるべし。

このとおり、御札から言霊が生まれました。

これを打ちこんだら、目出度く成就となって、君たちは可能性に満ちた新たな道を歩き始めるわけだ。でも、必ずや成功が保証されているということでは、もちろんないからね。常に努力が必要だから、それだけは忘れないで——って、ここでの話は、現実の時間の流れに戻ったら、全部忘れちゃうんだけどね。

じゃあ、口を開けて。お嬢さんも恥ずかしがらずに、もっと。長い時間にわたって作用するぶん、言霊のサイズが縁結びのものより、ずっと大きいんだわ。

オウケー。

いきますよ。

さあ、いきますよ。

エイ、いきますよ。

それ、いき……。

駄目だ。

やっぱり——、私にはできない。

目の前の二人が別れることがわかってて、そのきっかけを与えるなんて、私にはできな[illegible]よ。この二人には、ともに成長して、これからも同じ時間を歩んでほしいんだ。

うん、わかっている。

人間の[illegible]で一度、言霊にしたものを撤回するのは、極めて重大な倫理違反行為だって、もちろん知ってる。でも……やっぱり、私にこの言霊は打ちこめないです。

ん？　それは何？

あんたの商売道具が入ってるって言っていた袋じゃない。ここで開けてみろ？　いや、別に今じゃなくてもいいよ。確かに、お嬢さんのオーディションの演技にもかこつけて、中身を見せてほしいとアピールしたけど、そこまで本気だったわけじゃないから。それに今はライターの商売道具に、興味が募るタイミングじゃないと思うんだ。

そんな強引に押しつけない。わかったよ。開けるから落ち着きなさいよ。

ったく……、それじゃ、開けますよ。

何だか、ずいぶん軽いな。中身の手応えも全然ないし。本当に入ってるの？　ん？

紐《ひも》をほどいて口を開けた途端、急に光り始めた。

わ、まぶしい。まぶしい。見えない。

何も見えない——

＊

あれ？

ここ……、同じ鳥居前だよね。一瞬、空に飛ばされたような感覚があったけど、気のせいだったのかな。あれ、トシ&シュンの姿が見えない。どこ行った？ だいたい、今の光は何？

試験終了？

いきなり何の話してんの。

全部、夢だった？

そんなの、わかってるよ。私とあんたであの二人に夢を見せたんじゃないか。そうじゃなくて、この神社に到着したときから私は夢を見させられていて、まさに今、その夢から覚めたところ？

待って。ちょっと、待って。頭がこんがらがって、すぐには元に戻らない。ということは、どういうこと？ あの二人に声がけしたことは夢だったの？ じゃあ、私は夢のなかで、さらに人間に夢を二つ分、仕こんだってこと？ なんて、ややこしいんだ。

でも――、誰がそんなことを。どうして、私がそんな目に遭わなくちゃいけないの。

へ？　昇任試験？

ま、待ちなさいって。いよいよ混乱してきた。

前の縁結び神社での引き継ぎ完了に伴い、私が次の神社に赴任するための最終審査がここで行われた？

さ、最終審査って……、どうしよう、こ、声が震えてきた。

いや――でも、おかしくない？

どうして、あんたがそんな裏の事情に詳しいの。いつになっても本を書かない駄目ライターが、審査の中身をすらすら話せるなんておかしいでしょうが。

あんたがその審査神？　ハッ、馬鹿言っちゃいけないよ。上級も上級の神しか就任できない、昇任を見定める審査神だよ？　ああ、馬鹿馬鹿しい。うっかり、大嘘に乗せられるところだった。

ん、袋？

ああ、そうだ。あんたの袋、借りたままだった。開けるなり、いきなり光って、まぶしいったらありゃしない。おや、何か入ってる。ずいぶん、小さい。フム、御札だ。しかも、最上位の神しか持てない、正二百五十七角形の紋様が並んだスーパーセレブ御札じゃないの。何で、あんたがこんなの持ってるの――。

ん？　なんか、あんた、全身が光ってない？

わ、いきなり、大きくなった。

ほとんど、空に触れるくらい大きくなった。

ど、どうしよう。本物だ。私のような下っ端は、永遠に口も利《き》けないくらいアッパーもアッパーの超VIP上位神の登場だ。そんな御方がどうしてここに……？　私の審査を担当していた？　あのライターは今も呑気《のんき》にバカンス中、その間、姿を借りていた？　ま、まさか――、これって本当の昇任試験⁉

ま、待ってください。

先ほどのことは、完全に大いなる誤解です。全身全霊これ遵法《じゅんぽう》精神のかたまりのような性格の私が、重大な倫理違反だと知って言霊の処理を誤るなんてことは決してありません。「私にこの言霊は打ちこめない」なんて、一瞬の気の迷い、あくまであの場限りの冗談、猛烈に舌が滑っただけ――。

へ？

合格？

これは、正しい『縁結び神』としての自覚を持ち、二人の結びつきを選ぶことができるかどうかを見定めるための試験。もし、あのまま芸能の成就を優先して二人に言霊を打ちこんでいたら、試験は即失格、あと最低三百年は派遣で研修を積むことになっていた――。

で、では、昇任がかなったというわけで……。

任地は――ここ？　しかし、すでに学問・芸能神がおられて私もあいさつを済ませたばかり――、そうか、あの場面からすでに夢だったんだ。ここはそもそもれっきとした縁結びを司る神社で、異動があり今は誰もいない状態？

ということは、ここが私が新たにお勤めする神社になるわけで？

も、もちろん、お受けいたします。この神社は境内に、学問・芸能を司る摂社が置かれているから、そちらに目配りもしつつ、新たなかたちの縁結びに励むように、それが上級職の腕前というもの――。ハハッ。御言葉しかと受け止めました。

あ、鳥居のところにトシが来た。向こうからシュンも近づいてきている。なるほど、先ほどの夢には彼らの実際のパーソナルデータを取りこみ済みだから、さっそく得た知識をもって勤めを果たすように――承知しました。二人の芸能への願い事もそれとなく加味しながら、バージョンアップした縁結びの腕をお見せしますぞ。

時間よ止まるべし。

時間よ止まるべし。
よし、言霊できた。
待ってな、トシ&シュン。
さあさあ、こちらの神社での、記念すべきはじめの一歩でございます。

パーマネント神喜劇

その一

神頼みって言葉、あるじゃない。

そう、「困ったときの神頼み」なんて言うけど、あれ、どう思う？

そりゃ、私だって人間が真剣な願い事を携え、この神社を訪れたときは、耳を貸そうかなと少しは考えるよ。確かに専門は「縁結び」の神だけど、ちがうジャンルでも、きっちり成就《じょうじゅ》させられる腕は持っているから。

でもさ。

これは、どうなの。

たくさんの人間が困っていて、だからこそ、神を頼りにやってくる。まあ、その通りなんだろうね。そのとおりなんだけど、ときと場合によると思うんだな。もう、いちいち数えるのやめたけど、きっと五千近くは受けたはずだよ、もちろん、全部同じ願い事。前のお勤めのときは、近所にあんなものなかったからさ。せいぜい、部活の試合に勝たせてほしいって願いがときどきあったくらいだよ。それがいきなり五千だよ。一年を通しての数じゃない。たったの一日、今日だけの話だから。

ほら、今もユニフォームを着た男女が、老いも若きも関係なく、ひっきりなしに訪れてる。そう、みんな「優勝させてくれ」って願掛けしていくんだ。

たかが、野球だよ？

二十年ぶりだかの優勝が懸かっているのか知らないけれど、二位のチームにまくられそうで困っているのか知らないけど、逆に言わせてもらうと、私が関わって、それで優勝して、本当にうれしいの？　って話だよ。球場の上空に都合よく凪なんか吹かせて、ボールをさらってホームランにしてあげて、「神風でございー」なんて、今どき流行《はや》らないと思うんだな。

え？　ドーム球場だと、こっそり自チームの攻撃のときだけ、それをやってるところがある？

相変わらず、あんた、物知りだね。

そもそも、神風とか、私の一存でぴゅうと吹かせられるもんじゃないわけよ。専門に司《つかさど》る風神のお歴々がいるわけで、まずそちらに話を通さないと。まさか、タダで力を貸してくれるはずもないから、幾ばくかお渡ししなくちゃいけないよね。それで、たとえ風を吹かせたところで、絶対に試合に勝てるとは限らないわけ。相手チームのピッチャーに言霊《ことだま》打ちこんで、神が八百長《やおちょう》を仕掛けるわけにもいかないし。

そうなんだよ。

要は、彼らはついでにウチに来ているだけなんだよ。

駅と球場との間にたまたま神社があったから、こんなフィーバーが起きているわけで。シーズンが終わったら、ぱったり来なくなることは目に見えてる。だって、春のあたりにそんなこと言ってくる人間なんて、一人もいなかったもの。

ここはどこまでも流行りの動きと考えて、数の圧力には惑わされず、生温かく見守るのが吉かな――。まあ、私が吉とか凶とか言うのヘンだけど。胴元なのに。

よし、決めた。

無視しちゃおう。

たかが二十年に一度くらいの出来事で右往左往するもんじゃないよ。こちとらざっと千年もお勤めを続けているわけで、二十年なんて瞬《まばた》きする程度の時間なんだから。

つまりだね、私が言いたいのは、もっと大事な願い事が来たときには、縁結びの枠を越えて動きますよ、ってこと。

たとえば？

そうだね……、私のお師匠のことは話したっけ？　山奥で小さな神社を任されていたんだけど、あるとき村人全員からお願いされてね、それでお師匠は——って、今はこんな話はやめとこう。ずいぶんむかしの出来事だから。しかもお師匠、このことがきっかけで消えてしまったからね。せっかく村人のために勤めを果たしたのにさ……。

あ、ごめん。

何だか、しめっぽい空気になっちゃった。

それより——、あんただよ。

どうしたの、急にふらりとやってきて。最近何してたの。

ん？

何だい、改まって。

これを、私にくれるの？

ホウ、何だろう。

ふむ、本だね。

ずいぶんと真新しい。いい匂《にお》い。タイトルは『つとめる、かみさま』。

著者の名前を見ろって？

ちはやふりー。

ずいぶん変わった名前だね。何だか、ノンアルコール・ビールの銘柄みたいな響きだ。なるほど、神にかかる枕詞《まくらことば》が「ちはやふる」だから、それとフリーでライターを長らくやってきた自分を掛け合わせてみた――、へえ、そうなんだ。え？

今、何て言った？

まさか、これって、ひょっとして。

あんたが書いたの？

本当に？

デビューってこと？ 冗談じゃないよね？

ワオ、何てこったい……。

いやね、正直なところ、難しいんじゃないか、って私は思っていたの。だって、あんた、なかなか書こうとしなかったじゃない。ここの神社にヘルプという話で連れてこられて、私があんたのフリした上級神にさんざん昇任試験で揉《も》まれている間、呑気《のんき》にバカンスになんか行ってたわけじゃない。本当にやり遂げる奴《やつ》って、黙ってやるんだよね。いちいちまわりに言わないの。誰にも相談せず、こちらが気づいたときには勝手にやっているのが結果を出す奴なんだよ。だから、いっこうに筆を執らないあんたに、これは駄目かもなあ――、なんて内心思っていたこともあったわけよ。

それが、こうしてデビューだなんて。

いやはや、お見それしました。ペンネームに関しては、うまいことひねったのか、強引なだけなのか、ジャッジしづらいところもあるけど、とにかくおめでとう。

まったく、いつ書いていたのよ。前から、我々のような下々の神の目線で、日々のお勤めについて書きたいと言っていたけど、この『つとめる、かみさま』はやっぱりそのへんの――。

あ、待って。

揺れてる――。

そうなんだよ。最近、地震が多くてね。

ここでのお勤めもだいぶ慣れてきたけど、地震だけはまだ慣れることができない。案外、人間のほうが平気なのかも。地元チームの優勝はお願いするくせに、「地震をなくしてほしい」とは誰も言ってこないからね。もっとも、私にお願いされたところで、どうしようもないんだけれども――。

失敬、話がそれちゃった。

あんたの記念すべきデビュー作。気になるのは、やっぱり――私のことだよね。はっきり言ってくれていいけど、主役？

主役ではない。

そうですか。

じゃあ、二番手？

二番手でもない？

ということは、三番手だ。これまでの私とあんたの関係に鑑《かんが》みると、ずいぶんよそよそしい気もするけど——、え、三番手でもない？

ちょっと、待って。

それって——、おかしくない？

私のお勤めを間近に見て、それを材料にして書いたわけでしょ？　めでたいあんたの門出を前に、ケチをつけるつもりはないけど、さすがに、それは互いの信義に——。

ん？

また、揺れてる。

いつもより、長いな。

あッ、大きい。

ドンッと来た。突き上げるようにきた。

は、離れて。

ほらッ。私から、離れるッ。そうじゃなくて、この本殿の近くから離れるってこと。今すぐに、急いで。早くッ。

あんた、せっかく本を出すことができたんだから、夢が叶《かな》ったんだから、こんなところで——。

あ。

その二

新幹線の発車ベルが、ルルルとプラットホームに鳴り響いた。

弟と顔を並べ、窓ガラスに鼻の頭がくっつくくらいまで張りついて、榊美琴《さかきみこと》は「バイバイ」とおばあちゃんに手を振った。

柵《さく》の向こうで、少し目を赤くしながら、おばあちゃんは笑っている。お母さんが二人の後ろから、

「ありがとうね」

と声に出して頭を下げた。

顔の前で両の拳《こぶし》を力強く握ったまま、おばあちゃんの唇が「がんばって」と動いたとき、新幹線はゆっくりと動き始めた。

ホームが見えなくなってから、美琴と弟は窓から顔を離した。美琴は小学三年生、弟は幼稚園の年中組、そこに小柄なお母さんが加わり、三人が並んで座ると、二人席にぴたりと収まった。

英語の車内アナウンスが流れるのを聞きながら、

「お父さんが駅まで迎えに来てくれるって」

とお母さんは座席のテーブルを用意し、弁当の入った袋をその上に置いた。

「お父さん、また、緊張してるかな?」

美琴の言葉に、お母さんは何も言わずに笑った。

「まだ揺れているんでしょ」

「昨日もひさびさに大きいのがあったみたいね」

お母さんは手にした四角い新幹線の乗車券を、トランプのカードを扱うように、交互に上下させた。

「早く、終わってくれるといいのにね」

「大丈夫よ」

お母さんはジャケットのポケットに乗車券を入れ、

「のど渇いた?」

とお茶のペットボトルを開けた。

その声の底にすでに緊張がくすぶっていることを美琴は素早く嗅《か》ぎ取ったが、素知らぬ態《てい》でペットボトルを受け取り、ごくごくとのどに流しこんでから、寄越せと手を伸ばしてくる弟に渡した。

美琴が家に戻るのは二週間ぶりになる。

冬休みのほとんどを、美琴はおばあちゃんの家で過ごした。お父さんはお正月の前後に一週間だけ合流し、初詣《はつもうで》はおばあちゃんとともに五人でお参りにいった。

美琴はこれまで、家の近くの神社にしか初詣に行ったことがなかったので、おばあちゃんの家の近所にある神社――、そこそこ町中に位置し、大きな交差点に面してはいるけれど、敷地自体はそんなに広くはなく、さらには屋台も出ていない、去年使ったお守りや御札を納めるための大きな囲いもない、賽銭箱《さいせんばこ》の前に人だかりも行列もない、という穏やかな人出の境内を見て、「小さいね」とつい漏らしてしまった。

「美琴ちゃんのところは大きいもの。ウチと比べたら駄目よ」

とおばあちゃんは笑いながら、美琴と弟に賽銭用の百円玉を一枚ずつ渡した。

美琴と弟が賽銭箱の上に飾られた、小ぶりな鈴から伸びた五色の紐《ひも》を引っ張ろうとする後ろで、おばあちゃんとお父さんが話しているのが聞こえた。

「立派な神社だったのに……。たいへんねえ」

おばあちゃんの声のあとに、「ぜんぶとうかい」という言葉がお父さんの口から漏れたような気がしたが、弟が強引に紐を引っ張って鳴らした、ガラガラという鈴の音に掻《か》き消されてしまった。

賽銭を投げ入れ、美琴は手を合わせた。

願い事は、

「早く地震をなくしてほしい」

この一つしか、なかった。

*

大晦日《おおみそか》の夜に、みんなでこたつに入ってテレビを観《み》ていたときだった。

皮を剝《む》いたミカンを、おばあちゃんからもらったお父さんが、

「自分がこんなに緊張していたとは、思いませんでした」

とぽつりとつぶやいた。

いつもとちがう声の低さに、美琴はお父さんに顔を向けた。

お父さんは身体《からだ》が大きい。

同じく手も大きい。一本一本が太い指の内側に、小ぶりなミカンが簡単に隠れてしまうくらいなのに、お父さんは房の表面を覆《おお》う白い繊維を器用に取り除き、

「ここに来て、地震があった日から、はじめてホッとすることができたような気がします」

と新聞紙の上に落とした。

「やっぱり、こっちは安心できるかい？」

ハイとうなずいて、お父さんはひと房、口に放りこんだ。

「地震がこない、ってわかっているだけで、こんなにリラックスできるなんて——。何だか、申し訳ないです」

「申し訳ない？　誰に？」

口の中で三個目のミカンをもぐもぐとさせながら、つい美琴は訊《たず》ねてしまった。

「町の人たちに」

「町の人たち？　どうして？」

「今も自分たちが、気を張り続けているってことに、みんな、気づいていないと思う

んだ。あそこから少し離れるだけで、地震とはまったく無縁の、別の世界があることを、ほとんどの人が知らない。あの日から、一度も楽な気持ちになることなく、リラックスしないまま、ずっとがんばっている人たちが大勢いると思うと、何だか申し訳ない気がしてくる」

「じゃあ、お父さんが、みんなに教えてあげたらいいんだよ」

お父さんは困ったような笑みを浮かべ、残りのミカンを一気に口に放りこんだ。

「みんなに、安全なところに住んでいる、おじいちゃんやおばあちゃんがいるわけじゃない。美琴だって、ここにおばあちゃんが住んでいたから、こんなふうにゆっくりと冬休みを過ごせるわけだろ？」

ぼんやりとだけど、美琴はお父さんが言っている「申し訳ない」の意味がわかったような気がした。クラスメイトに送る年賀状を書いたとき、家が壊れてしまった広本《ひろもと》卓《たく》くんにどう送ればよいかわからず、卓くんはどこでお正月を迎えるのだろうと考えたら、とても悲しい気持ちになったからだ。

台所から、お母さんが茹《ゆ》でている、年越し蕎麦《そば》のいい匂いが流れてきた。

「そんな難しく考え過ぎちゃ、駄目よ」

おばあちゃんはヨッコラセと立ち上がり、

「ずっと、ここにいてくれても、いいんだよ」

とお父さんの肩に軽く手を置いてから、台所に向かった。

＊

二時間半かけて、新幹線は駅に到着した。

プラットホームで一週間ぶりに再会したお父さんは、鼻の下と、あごまわりのヒゲがだいぶ濃くなっていた。年賀状届いてた？　と弟が勢いよくその腕にぶら下がる。

「長野先生から届いていたよ」とお父さんが幼稚園の担任の先生の名前を答えると、イェーイとガッツポーズし、ついでにお尻《しり》から地面にずり落ちた。

「お母さんが、ホームまで見送ってくれた」

手にしたボストンバッグをお父さんに預け、お母さんはジャケットのポケットから乗車券を取り出した。

「さっき電話があったよ。残りの荷物、宅配便で送ったから、よろしくだって」

「さすが、仕事が早い。どうして私はそのへんが似なかったんだろ」

お母さんから乗車券を受け取り、美琴は背中のピンクのリュックサックを担《かつ》ぎ直した。

側面に取りつけていたマスコット人形が、勢いよく跳ねたついでに、そう言えば、初詣の神社でおみくじを引いたあと、おばあちゃんに買ってもらったお守りを、人形の隣に取りつけるつもりだったのに、すっかり忘れていたことを思い出した。あれ、どこに置いてきたっけ？　と考えながら切符を改札に入れると、「ピヨピヨピヨ」と子どもが通ったことを示す音が鳴った。

駅裏の駐車場に停めた車の後部ドアを開け、

「家に戻る前に、ちょっとお参りしていかないか」

と全員の荷物を手際《てぎわ》よく運び入れ、お父さんが提案した。

「大丈夫なの？」

お母さんの問いかけに、

「大丈夫。みんな、お参りしているよ。本殿のところには入れないらしいけど」

とうなずき、お父さんはばたんとドアを閉める。

駅前から、車が大きな通りに出るなり、

「あ、スタジアムだ」

と弟が声を上げた。

公園の枯れた木々のずっと向こうに、青いラインが横に入った、スタジアムの外壁の上端が少しだけ見えた。たくさんのライトを並べた照明塔が、さらに高く、四本突き出ている。

そのうち一本には、牛乳の広告看板が柱の途中に取りつけられていた。あの日に差し入れでもらった牛乳は、看板のものと同じだったんだと思い出していたら、

「今年は優勝できるかな」

とさっそく弟は、お父さんと野球の話を始めた。

地震があったことよりも、お父さんと応援していた地元のチームが優勝できなかったほうを、いまだ残念に思っている弟である。おばあちゃんの家でも、まるで宝くじに当たったかのような「いいこと」として、スタジアムに避難した話を披露していた。

もちろん、美琴はそこまで能天気に捉《とら》えられるはずもなかったが、あんなところで一夜を明かしたことは、今も、どこか捉えどころのない、ふわふわとした記憶のまま残っている。

あの日、スタジアムのグラウンドには、避難してきた人たちが深夜になっても続々と入ってきた。夜に配られたお弁当は、一家族に一つしか割り当てがなく、三人で一つのおかずを分けあって食べた。でも、梅干しだけは、美琴もお母さんも苦手だったので、独り占めできた弟が「イェーイ」とよろこんで口をすぼめていた。

お父さんとは合流できないまま、朝が来るまでに何度か大きな地震が起きた。地震そのものも怖かったけど、美琴は、停電の暗闇《くらやみ》のなかで照明塔が揺れ、ぎしぎしという嫌な軋《きし》みが四方から降ってくるほうが、ずっと怖かった。

車が神社の駐車場に到着するなり、

「あ、倒れてる」

とお母さんが声を上げた。

「第一駐車場」の看板の手前で、大きな石灯籠《いしどうろう》が崩れたままになっていた。笠《かさ》の部分と、その下の小さな窓がある四角い石組みが、壊れた積み木のように横倒しになっている。ぽつんと残った石の土台の真ん中では、それまで石柱があった部分が、ハッとするくらい鮮やかな白い円となって跡を残していた。

「結構、車が入っているね」

入口から、だいぶ離れた場所でようやく一台分のスペースを見つけ、お父さんは車を停めた。

車から降りると、美琴のスニーカーの下で玉砂利がみしりと音を鳴らした。参道は美琴が思っていたよりずっと多くの人で賑《にぎ》わっていた。でも、着物を着ている人はいなかったし、何より、毎年参道に並ぶ屋台が一つも出ていないことが、この場所で何が起きたかをはっきりと伝えていた。

本殿の前に着くまでに、石灯籠が四つ倒れていた。いずれも赤いコーンとテープで近づかないようにと注意しているだけで、地震の日のまま、修復の手は入っていないようだった。

おばあちゃんと初詣に行った神社を思い出したのか、生まれてはじめて引いたおみくじが大吉だったことを、弟が急に自慢し始めた。美琴の初みくじは小吉だった。おばあちゃんの神社のおみくじは、へなへなとした筆文字で書かれ、ひどく読みにくかったが、「待ち人」のところに、

「ゐる」

と書いてあるのが目に止まった。

見たことがない、ひらがなのようなものに、これは何？　とおばあちゃんに訊ねると、

「これは『いる』って読むの。むかしの字」

と笑いながら教えてくれた。

「でも、待ち人のところは普通、来るとか、来ないとか書いてあるものだけど、何だろうね、いるって」

と不思議がっていたのを思い出しながら、美琴はぴゅうと吹いてきた北風に手をす

り合わせ、跳ね上がった前髪を押さえた。

＊

そこにあるべきものが、そこにない。

それは、とても奇妙な感覚だった。

屋根はあるのだが、あるべきところに位置していない。近づいてきた建物を、家族四人いずれもぽかんとした顔で見上げた。

お父さんが言っていたとおり、それ以上、奥には入れなかった。

白いフェンスがぐるりと囲み、以前は正門があった場所の手前に、小さな賽銭箱が置かれていた。

ほとんどフェンスに接するように、崩れた建物が迫っていた。美琴たちのはるか頭上に構えていたはずの正門の屋根だった。一階部分が押し潰《つぶ》されてしまったせいで、屋根のてっぺんの部分、左右から合わさったところだけが、傾きながらフェンスからのぞいていた。

「ぺしゃんこだ」

と弟が声を上げた。

お父さんはフェンスに近づき、背伸びして内側をのぞいた。

「私も見たい」

美琴が頼むと、尻の下をヨイショと抱え上げ、フェンスの向こう側を見させてくれた。

「ぺしゃんこだ」

より多くを目にしたにもかかわらず、弟と同じ言葉しか出てこなかった。

本当なら正門をくぐった先に、お参りをするための建物があるはずだった。しかし、右手も、左手も、正面も、すべての建物が潰れていた。一階の部分が消え、蓋《ふた》をするように屋根が直接、地面に重なっていた。それらの屋根は、転がった傘のように、てんで勝手に左右に傾き、ひっくり返りそうになり、いびつに折れ曲がり、屋根の上にさらに屋根がのっかり、以前の整然とした姿を思い起こさせるものは、どこにもなかった。

「ひどい」

同じく、何とか背伸びしてフェンスの向こう側をのぞいたお母さんが、悲しそうな声を漏らした。

「元に戻るには、二十年かかるらしいね」

美琴を地面に下ろし、お父さんは財布を取り出し、みんなに百円ずつ渡した。

お父さんと弟が先に賽銭を投げ入れるのを、お母さんと並んで待つ間、ふと横手に顔を向けると、五メートルほど離れた場所に男の人がひとりで立っていた。

その姿を見たとき、

「昨日、おばあちゃんの家に新年のあいさつに来た銀行の人」

のことを思い浮かべたのは、地味な色合いのスーツに、きっちりと横分けにした髪形、さらには真面目《まじめ》そうな黒縁メガネ――という外見のせいだろう。

男性はじっと正面のフェンスを眺めていた。張り紙も何もない、ただ真っ白なフェンスに顔を向けている。しかも、ひどく悲しげな眼差《まなざ》しをしていた。

美琴の視線に気づいたのか、男性がふいと首を回した。

黒縁メガネ越しに、ぴたりと目が合ったとき、男性はハッと驚いた表情を浮かべた。

「ほら、美琴。お父さんたち、終わってるよ」

慌《あわ》てて美琴は顔を戻し、お母さんといっしょに賽銭箱の前に進んだ。

百円玉を投げ入れ、手を叩《たた》く。

地震のことをお願いしてから顔を上げ、回れ右するついでに、ちらりと男性のいた場所を確かめた。

そこには、誰もいなかった。

「あれ？」

左右に首を回しても、どこにもその姿は見当たらない。

賽銭箱の前から、一歩足を動かしただけで、スニーカーの下で玉砂利がみしりと音を立てた。

五メートル程度の距離なら、十分に音が聞こえる範囲なのに、あの人はどうやって音も立てずに移動したのだろう、と不思議がっていると、

「明日から学校だろ？　宿題は終わった？」

とお父さんからいちばん言われたくないところを突かれ、

「読書感想文がまだなの」

とあっという間に、頭の中の主役が交代した。

「でも、ズルいんだよ。いつもより、四日も冬休みが短いのに、宿題の量がいっしょなのは、どう考えても理屈に合わない！」

地震のときに学校が休みになったぶん、始業式が早まったこと、にもかかわらず宿題は減らない理不尽さを、美琴はほっぺたを両手で左右から押さえつけ、「あああ」と大げさに嘆息とともに訴えた。

その三

（沈黙――）

（沈黙――）

（沈黙——）

（沈黙——）

その四

三学期の始業式から美琴が帰ってくると、お母さんが、段ボールの箱を開封していた。おばあちゃんからの荷物がさっそく届いたらしい。

ランドセルを置き、美琴は全部で三つある段ボール箱のうち、いちばん小さな箱を開けようと、ガムテープをびりびりと引っ張った。

休みの子はどれくらいいた？　と訊ねるお母さんに、クラスにはいなかった、でも、学校全体で二十一人が、家が壊れたせいで始業式に参加できなくなったと校長先生が話していた、と美琴が伝えると、お母さんはそんなにいるの、と沈んだ声でつぶやいた。

「広本卓くん、来ていたよ」

「学区外だけど、おじいさんの家から通うって卓くんのお母さんからラインがきてた。

たいへんよ、学校まで遠いし」

「元気そうだったよ。わあ――、ミカン」

ガムテープを取り去り、上のフタの部分を左右に開くと、ぎっしりと詰まったミカンが明るい色をいっせいに放った。

ひと箱すべてミカンかと思いきや、隅のほうに白い封筒が挟まっていた。引っこ抜いて中をのぞくと、ピンク色の布地のお守りが入っていた。

「やっぱり、忘れてた」

封筒を逆さにして、手のひらに中身を落とすと、お守りといっしょにどんぐりがわらわらと転がり出た。

「何だ、これ」

どんぐりのひとつをつまむと、ちょうど横を通りかかった弟が、「あ、僕の」と手を伸ばしてきた。

どこで拾ったのと訊ねる美琴に、弟は神社で、おばあちゃんと、と口早に答え、片手に四個ずつをつかみ取った。残った一個を「あげる」と告げて、さっさと離れていった。

指に挟んだどんぐりは、縦に細長い。神社って何のことだろう、と首を傾《かし》げている

と、

「ご神木のどんぐりよ」

とお母さんが教えてくれた。

「ご神木？」

「初詣に行ったとき、美琴がおみくじを結んでいる間に、おばあちゃんと拾っていたの。ほら、本殿の左手のところに大きな木があったでしょ？　あれがご神木」

「そんなの、あったかな」

おみくじを引いたときの境内の記憶を蘇《よみがえ》らそうとするが、そこに木があったというイメージがそもそも湧《わ》いてこない。

「何で、そんなところにどんぐりがあったんだろ？」

「だって、あのご神木、マテバシイだもの」

「マテバシイ？」

「ブナの仲間だから、どんぐりの実がなるの。あれだけ大きかったら、いっぱい落ちてくるわよね」

「よく知ってるね、お母さん」

「おばあちゃんは若いころ、あの神社で巫女《みこ》さんのアルバイトをしていたの。だから、お母さんもいろいろ教えてもらって、そのくらいならまだ覚えてる」

段ボール箱から、衣類を詰めたビニール袋を次々に取り出し、お母さんはヨッコラセとそれらを抱え、たんすのある部屋に向かった。

美琴はしばらくどんぐりを指で遊ばせていたが、そうだ、リュックサックにつけるより、ランドセルのほうがいいなと思いつき、膝《ひざ》のお守りを拾い上げ、床に転がっていたランドセルをぐいと引き寄せた。

*

学校からの帰り道、美琴が少し遠回りして神社に寄ろうと思ったのは、終わりの会の最中に地震があったからだった。

おばあちゃんの家から戻って以来、いちばん大きな地震だった。ドキリとするくらい、下からの強い突き上げを感じたが、美琴が机の下に隠れようとする前に揺れは収まった。それでも、隣のクラスからは悲鳴が聞こえ、先生も怖い顔になっていた。

地震のあとの教室は妙に静かだった。

お父さんの「緊張」の話を思い出した。せっかく地震がない日がしばらく続き、少しずつホッとできる方向へと進んでいたのに、これでまた目盛りは元の位置に戻ってしまうのだ。

美琴が何より嫌だなと感じたのは、教室を覆った「まだ、終わらないのか」という、みんなの声にならない声だった。みんな、がっかりしていた。みんな、疲れていた。大人と同じく。たとえ、小学三年生であっても。

だから、美琴は神社に来た。

地震を終わらせてください、とお願いするためだった。

参道の石灯籠は倒れたまま、本殿を囲う白フェンスの位置も変わらず、境内のひと気は少なかった。

賽銭箱の前に立ち、学校から持つことを許された額だけが入った財布を取り出した。はじめは十円玉をつまんだけど、さすがにこのお願いには釣り合わないかな、と百円玉に替えた。

賽銭を投げ入れ、顔を上げたときだった。

「あ」

背後から、小さな声が聞こえた。

振り返ると、そこに女の子が立っていた。

「あ」

　美琴も声を上げてしまったのは、相手を知っていたからだ。ただし、同じ三年生であっても、別のクラスの子なので、名前がすぐに出てこない。向こうも美琴の名前がわからないようで、互いにランドセルを背負った格好でしばらく突っ立っていたが、ほとんど同時に口を開いた。つまり、名乗り合った。

「ああ、美琴ちゃん」

　そうだったというニュアンスを乗せ、相手の女の子がうなずいた。

「どうして、美琴ちゃんはここにいるの?」

「うん――、何となく、お参りしたくて」

　ふうん、とうなずいて、女の子は手袋をはめた手で頬をさすった。

「かのこちゃんは?」

　と知ったばかりの名前で呼びかける。

「私は病院に行く途中」

「病院?」

「お母さんが入院していて、会いにいく途中なの。ついでに、お参りしておこうと思って」

「お母さん――、大丈夫なの？」

「せっぱくそーざんだけど、大丈夫」

「せっぱくそーざん？」

聞いたことのない単語に、何か重い事実を告げられたのかもしれないと美琴が思わず身構えたとき、

「弟が生まれるの」

と彼女の口元に笑みが浮かんだ。

「え？」

「でも、予定より早く生まれるみたいで、先週から入院しているんだ。だから、元気に赤ちゃん生んでください、ってお願いしてから行こうと思って」

美琴は慌てて賽銭箱の前のポジションを譲った。女の子はどうもどうもと前に進み出て、手袋のままぽんぽんと手を叩き、頭を下げた。美琴よりもずっと長い間、願い事をしてから、跳ねるように顔を上げると、

「じゃあね」

と背中を向け、さっさと歩き始めた。

しかし、急に気になることが生まれたのか、玉砂利をきゅっと鳴らして方向転換し

たかと思うと、やけに難しい表情でフェンスに顔を近づけた。

賽銭箱の頭上には、申し訳程度の大きさの屋根が設置され、それを支える真新しい木の柱は、フェンスとフェンスの継ぎ目にはめこむように立っていた。どうやら、そこに隙間《すきま》ができているようで、柱とフェンスの間に額をあて、食い入るように向こう側をのぞいていたが、

「ぺしゃんこだ」

と呆然《ぼうぜん》とした声でつぶやいた。

見てごらん、とばかりに、柱から顔を離し、彼女は目で美琴を呼んだ。

すでに前回のお参りのときに見ている光景であっても、引き寄せられるように隣に歩を進め、片目でのぞいた。

柱とフェンスの継ぎ目に、五ミリほどの隙間が生まれているせいで、はっきりと内側の様子を確かめることができた。おばあちゃんの家から帰ってきた日の風景と変わらず、崩れた建物は手つかずの状態で、いや、ブルーシートで覆われた部分が増えただろうか。屋根が建物を押し潰し、へたりこむように地面に積み重なる様は、大きな動物が自分の身体を支えきれず、力なくあごから地面に突っ伏した姿を想像させて、

「かわいそう」

と思わず声が漏れてしまった。

「元に戻るのかなあ」

下方からの声に驚いて目線を落とすと、つむじと髪を分けている白い線が見えた。いつの間にか、彼女もしゃがみこみ、隙間をのぞいている。

「お父さんが二十年かかる、って言っていたよ」

と美琴も再び隙間に顔を戻す。

「お祭りはするのかな。ここの秋祭り、私、大好きなんだ」

「どうかなあ……。お正月のときは、屋台は出ていなかったけど」

「ねえ、あの右のところわかる？」

「え？」

「ほら、木が折れてるところ」

「どこ？」

「屋根から突き出たやつじゃないよ。地面から生えている木が、ほら、途中で折れてるでしょ」

「ええと……」

「石段の右のほう」

「あ」

潰れた建物から伸びる瓦礫《がれき》の木材にまぎれ、見逃していたが、確かに玉砂利から生えた太い幹が途中で折れ、裂けたような断面が、のしかかる屋根の残骸《ざんがい》の隙間から明るい色をのぞかせていた。

「建物が上から覆い被《かぶ》さってきて、折れちゃったんだって。上の葉っぱの部分は、こっち側にどーんと倒れていたけど、もう移動させてしまったんだね」

「よく知ってるね」

「十月に来たときは、まだ倒れたままだったの。ご神木だったんだよ」

え？　と美琴は彼女のつむじを再度、見下ろした。

「お父さんがクスノキって言ってたけど、あんな大きな木でも折れるんだね。ご神木って、折れたらどうなるのかな。別の木に交替するのかな。それとも、折れたままでも、ご神木なのかな――」

きっと、おばあちゃんの神社のご神木を連想したからだろう。何となく首をねじって、美琴はランドセルの側面を確かめた。そこには、おばあちゃんから送ってもらったピンク色のお守りがぶら下がっている。

「あれ？」

「どうしたの？」

しゃがんだ姿勢から戻った少女が、美琴の視線に釣られ、ランドセルの側面をのぞきこんだ。

「何でだろう、お守りが膨らんでる」

「何か、入ってるね。ぱんぱんだよ」

「中、見てくれる？」

「いいよ」

少女は巾着袋《きんちゃくぶくろ》のかたちをしているお守りを手に取ると、紐を弛《ゆる》め、入口の部分を広げてから中をのぞいた。

「どんぐりだ」

「え？」

「いっぱい入っている、ほら」

少女は袋の中に指を突っこみ、ひと粒取り出すと、美琴の手のひらに置いた。

細長いかたちをしたどんぐりが、ころりと転がった。

何でどんぐり？　と眉間《みけん》にしわを寄せたのも一瞬、おばあちゃんからの荷物にあった封筒に、お守りといっしょにどんぐりが入っていたことを思い出した。

「きっと――、弟だ」

「美琴ちゃん、弟がいるの?」

「うん。もう、いつ入れたんだろう」

「弟がいるって、どんな感じ?」

「え?」

これまで考えたこともない質問に、すぐには考えがまとまらず、

「こっちが何も悪いことしてなくても、いきなり叩いてくるよ」

と普段、美琴がいちばん嫌だと思うことを口にしたら、女の子はちょっと驚いたような、八の字眉《まゆ》とともに困ったような、さらには不思議がるような表情へと忙しくチェンジしたのち、

「ああ、でも、たのしみ!」

と最後は笑顔で落ち着いた。

その顔を見ると、美琴も何だかうれしい気分になってきて、

「うん、弟がいるとたのしいよ」

と大きくうなずいた。

「じゃあ、病院に行ってくる。さようなら、美琴ちゃん」

「さようなら、かのこちゃん。赤ちゃん、元気に生まれるといいね」

「ありがとう」

少女が手を振り、美琴もどんぐりを握ったままの手で応《こた》えた。

くるりと踵《きびす》を返した少女の進行方向、五メートルほど離れた場所に、男の人が立っていた。

この前、お父さんたちとお参りにきたとき、会った人だ——。

その横顔にすぐさま記憶が蘇った。

身につけている地味な色合いのスーツといい、あの日をそのまま再現したかのような立ち姿で、男性は白いフェンスをじっと見つめていた。

やはり、とても悲しそうな顔で。

その五

（沈黙——）

（沈黙――）

（沈黙――）

（沈黙――）

その六

「あッ、そうだ、かのこち――」

いつ赤ちゃんが生まれるのか、大事なことを聞き忘れたと呼び止めようとしたが、ふいと首を回した男性の視線とぴたりとぶつかり、美琴は言葉を途中で呑《の》みこんだ。その間に、かのこちゃんは男性に注意を払う様子もなく、リズムよく奏《かな》でる玉砂利の音とともにすたすたと立ち去ってしまった。

前回と同じく、男性はひどく驚いていた。しかも今度はただごとではない驚き方で、黒縁メガネの奥で目がまん丸になっている。

相手のことを変質者とまでは思わなかったが、そろそろ家に帰ろうと決めたとき、男性が何か言葉を放った。

ただ口が開くのが見えただけで、声は聞こえなかった。でも、一歩を踏み出そうとする動きを止め、思わず美琴は左右を確かめた。

それが自分に対するアクションなのかどうか、わからなかったからだ。賽銭箱《さいせんばこ》の前には老夫婦がひと組いて、さらには参道を歩いている二人がいる。

男性に顔を戻したとき、それを待っていたように、ふたたび口が動いた。

「投げて」

間違いなく、美琴に向けての言葉だった。

ただし、声は聞こえなかった。

男性は右手を挙げ、顔の前で握っていた拳《こぶし》を開いた。

手のひらには、何もなかった。

にもかかわらず、左手の指で何かをつまむ仕草をして見せた。まるでパントマイムをしているかのように、男性はつまんだものを手のひらに戻し、ふたたび右手を握った。

「投げて」

視線は美琴に向けられたまま、声はともなわずとも、はっきりと口が告げていた。

振りかぶる動きとともに、男性はフェンスの向こうに投げる真似《まね》をした。同じモーションで二度目を見せたとき、唐突に、美琴は右手に握ったままのどんぐりを投げろと言われていると気がついた。

美琴は右手を開いた。

艶《つや》やかな光沢を宿したどんぐりを見下ろすも、どうすればよいのかわからない。わからないが、そのまま無視するには強すぎる、黒縁メガネの奥から何かを伝えようとする、あまりに切実な眼差しが注がれていた。

だから、美琴は「えいッ」と勢いで、手の内のどんぐりをフェンスの向こうに投げつけた。

小さな黒い点があっという間に見えなくなってから、何で私、投げたんだろう、と思った。

きっと二秒か、三秒の間、目を離しただけのはずだった。

視線を戻したとき、そこにいたはずの場所に男性の姿はなかった。

＊

その夜、美琴は夢を見た。

力強くすっと伸びた幹にこんもりと緑豊かに葉が生い茂る大木を見上げ、ここはどこだっけ？　と少し考えこみ、

「ああ、おばあちゃんと初詣《はつもうで》に行った神社だ。マテバシイのご神木だ」

と了解した。

その証拠に、美琴の手には神社で引いたおみくじが握られている。「待ち人」のと

ころには「ゐる」の文字がある。

ことり、という音とともに、おみくじの上に何かが落ちてきた。

しかし、それが何か視認する前に、地面に落ちてしまった。

足元に目線を落とすと、どんぐりが一つ転がっている。

拾い上げようとしたら、急に小さな丸い影が視界に飛びこんできて、

「わッ」

と美琴は跳び退《すさ》った。

一匹のリスだった。

美琴から横取りするかのように、リスはどんぐりをその小さな両手で挟み、持ち上げると、丸ごと口に含んでしまった。

「あ」

そのまま走り出すので、つい追いかけようとしたとき、スニーカーの下でみしりと玉砂利が鳴った。

いつの間にか、地面が土から白い玉砂利へと変わっていた。さらには、目の前に押し潰された神社の建物が連なっている。

瓦礫との距離がやけに近い。

そうか、自分はあの賽銭箱があるフェンスの内側に立っているんだ、と美琴はごく自然に状況の変化を受け入れた。

細かくリズムを刻みながら玉砂利を駆けていくリスは、ぺしゃんこになった本殿の手前で動きを止めた。

リスが見上げる先に、一本の木があった。

木といっても、地面から一メートルほどの途中で、斜め上方からスライドしてきた建物の直撃を受け、無惨《むざん》な裂け目をさらし、ぽきりと折れてしまっている。

今日、神社でかのこちゃんに教えてもらったばかりのクスノキのご神木だと、美琴は気がついていた。

うねりとともに玉砂利から隆起している根っこを伝い、リスはするすると幹を駆け上がり、ご神木の断面にたどり着いた。そこで静止したのち、まるで美琴の視線を確認するかのように身体《からだ》を起こした。

ぽとり。

視線が合った途端、リスの口から小さなものが落ちた。

ご神木の断面に音もなく吸いこまれた点のような影が、美琴の足元から持ち去ったばかりのどんぐりだと、当たり前のように理解したとき、

「りん」

と不思議な響きの音が真横から聞こえた。

五メートルほど離れた位置に、あの男の人が立っていた。

地味なスーツにきっちりと横分けにした髪形、黒縁メガネ、生真面目そうな表情を崩さぬまま、男性は本殿に向かって歩き始めた。

不思議なことに、革靴の下で玉砂利はみしりとも音を発さず、ただ「りんりんりんりん」と鈴が鳴るような、膨らみと余韻を持つ音だけが響いた。

男性の到着を、リスはきょとんとした表情で待ち受けた。男性は樹皮が裂けたあとが棘《とげ》のように痛々しく残る、ご神木の断面をのぞきこみ、何かを確かめたのか、静かにうなずいた。それを待っていたかのように、リスは美琴にふわふわした尻尾《しっぽ》を向けると、ご神木から飛び降り、瓦礫の中へあっという間に消えてしまった。

男性はご神木の隣で気をつけの姿勢を取った。美琴をまっすぐ見つめ、

「ありがとうございます」

と深々とお辞儀した。

やはり、口の動きだけで声は聞こえなかった。

その代わり、「りん」という響きが心地よく耳の内側で鳴った。

その七

（沈黙——）

（沈黙——）

（沈黙――）

（沈黙――）

その八

　三学期の終業式が始まり、

「今日でちょうど、あの地震から半年が経《た》ちました」

と校長先生が話を切り出したとき、美琴の胸の内で、もう半年が経ったのかという気持ちと、半年が経ってもまだ終わらないのかという気持ちが、半分ずつせめぎ合った。

「残念ながら、三学期の間に、おうちの事情で、学校を移ることになった君たちの友人が十六人います。みんな、新しい学校で力いっぱい毎日を過ごしています。もしも、春休みに時間があったなら、『元気ですか？』とぜひ手紙を書いてあげてください」

　美琴と同じクラスの卓くんも、結局、おじいさんの家から通うことをやめ、新しい家に引っ越すと同時に転校してしまった。

「最近、少しずつ地震が収まってきたようにも感じられますが、まだ油断は禁物です。このあと教室で、担任の先生から配られる防災のしおりを、おうちの親御さんとよく読みこんで、備えをしっかりと――」

よし、卓くんに手紙を書こう。

体育館に響く校長先生の声を聞きながら、そう美琴が心に決めたのとほぼ同時刻のこと。学校から一キロ離れた神社の本殿で、人間の耳には決して届かない、かすかな音が鳴った。

建物の倒壊を受け止めた結果、途中で折れたクスノキの神木の断面には、外からはうかがえない、根っこ方向へと走る深い亀裂《きれつ》の入口があった。その亀裂の奥に、一個のどんぐりがすっぽりとはまりこんでいた。音の発生源は、そのどんぐりだった。樹木の内部組織に周囲を守られながら、冬の寒さを乗りきった結果、ついに殻が割れ、内側で育った芽が外の世界へと飛び出したのである。

その二ミリにも満たない芽の先端が、クスノキの内なる白肌に触れた瞬間――、境内の樹木でひと休みしていた鳥たちが驚き、いっせいに飛び立つほどの神音が盛大に鳴り渡った。

その九

た。

ただ――ま。

聞こ――？

聞こ――てる？

おーい、聞こ、ますか？

聞こえていたら、手を振って。
おお、本当に聞こえてる。
ただいま。
ただいま。

ただいま。

ただいま。

私だ。私の声だ。

ただいま、ただいま、ただいま。

何度言っても、言い足りない。

いろはにほへと、ちりぬるををを。長かった。もう駄目かと思った。だって、このどんぐり、全然芽吹いてくれないんだもの。地面に落ちてからしばらく時間が経っていたようだから、ひょっとして虫に食われているのかも、乾燥しすぎて芽が出ないのかも、って毎日気が気じゃなかった。これほど己の神通力《じんつうりき》が発揮できないのをもどかしく感じたのは、この一千年を振り返ってもなかったね。それがやっと、内側からみしみしという音がして、膨らんで、ついに殻を破って芽吹いたときの感動と言ったら。泣いた。可憐《かれん》な芽が神木にタッチした瞬間、身体に電流が走って、気がついたら神音を響かせながら、勝手に神性が移動していたんだ。そう、今はこっちのどんぐりのほうに私は引っ越しているから。いやはや、どんぐり最高、どんぶりこ、お池にはまってさあたいへん、にはならない。だって、そんなときは私が一秒で池を干上がらせてあげるから――。

少し、落ち着け?

おお、そうだね、ひとつ深呼吸してみよう。

フウ——。

シャバの空気は、やっぱりうまいわ……。

狭い神木に閉じこめられ、このまま木が朽ちるのといっしょに、私の神様ライフも終わるのかと何度思ったことか。最後まであきらめちゃ駄目だ、なんて言霊《ことだま》を打ちこむときに、説教ついでによく人間相手に言ってきたものだけど、正直なところ、私はあきらめていたね。それがまさか、この世界にもう一度帰ってくることができるなんて。ああ、夢みたい。

そうか、ちょうど、半年ぶりの帰還になるわけか。

そんなに経っていたんだ。

うん、事情は全部承知の助。何もかも、あの女の子のおかげだよ。

榊美琴さんだったっけ?

まず、あの子の目に、あんたの姿が見えていた、というのが驚きだった。ときどき、いるにはいるんだ。我々のことがうっかり見えてしまう人間が。もっとも、我々が人間の姿を借りているときに限られるから、向こうには区別がつかないわけだけど。ひょっとしたら、あの子、巫女の血筋を引いているのかもしれないね。むかしに比べ、減ってはいるけれど、そういう人間にひょんなタイミングで出会ってしまう可能性を、あんたももう少し認識しておいたほうがいいよ。だって、あんなにじっと女の子を見つめていたら、この御時世、変質者だと間違われて通報されちゃうよ。

何で、知ってるのかって？

そりゃ、見ていたから。

神性はこの神木に閉じこめられたままでも、境内のことは見ることも、聞くこともできたから。

何、狼狽《ろうばい》してんの。

もちろん、あんたがずっと、その境界のところに立っていたことも知っているよ。

そうだ、何より先に、あんたに謝らなくっちゃ。あのときは申し訳なかった。地震の大きさが一気に増して神木が折れると予感できたから、思わずあんたを突き飛ばして、本殿の周辺に結界を張っちゃった。痛かっただろうけど許しておくれ。でも、結界を張っておかないと、私が身動き取れない間に、よからぬものがこの神社を乗っ取る危険だってあったものだからさ。

もっとも、結界を張ったはよかったけど、あんたまで本殿に近寄れなくなってしまうとは、考えが及ばなかった。あんたがあの子からうまくバトンタッチして、ここまでどんぐりを運ぶことができるかどうか、ハラハラしどおしだったよ。結界には入れないのに、女の子にどんぐりを投げさせてしまってどうするのと思っていたら、動物を使うとはね。あのリスの操り方はお見事。あんな器用な技も持っていたんだ。

そうだ、今夜にでもあの女の子の夢枕《ゆめまくら》に立って、お礼を言っておかなくちゃ。え？もう、あんたがそれとなく夢のなかで事情を説明し、感謝の意を伝えているんだ。ずいぶん、手際《てぎわ》がいいね。

とにかく、あんたは私の命の恩人だよ。

照れるから、一回しか言いません。

私を蘇《よみがえ》らせてくれて、ありがとう。

＊

そうそう、あの子がどんぐりを持っているのに気づいたときだよ。

それはもう、息が止まった。

だって、どう考えたってあり得ない展開だもの。唯一《ゆいいつ》の復活手段が、いきなり目の前に現れるんだよ？

それからはこの折れたクスノキの内側で、ずっとあんたを応援していた。お願いだから、変質者に間違えられて、少女に逃げられたりしないでくれ。何とかして、彼女からどんぐりを手放させて、このクスノキまで持ってきてくれ――、って。

え？

どんぐりの話に移る前に、どうしてこんな面倒なことになったのか、そっちを先に教えろ？

なるほど。

結界を張るほかに、できることがあったはず？

ごもっとも。

それはですね、私がやるべきことをやっていなかった。つまり、神木登録をこの折れたクスノキ一本にしか、済ませていなかったからですな。

だってだよ――。まさか、こんなことになるなんて夢にも思わないじゃない。別に自慢じゃないけど、社《やしろ》の規模が一気に大きくなったせいで、桁《けた》違いに雑務の量も増えて、それどころじゃなかったんだ。「緊急時の神木の避難先届け」だっけ？　そんなの、最後に回すに決まってるじゃないか。

ええ――。

わかってる。わかっています。

そんなに詰め寄ってこなくても大丈夫。

たとえば、あそこのひょろひょろとした松の木を、避難先として取りあえず神木登録しておけば、こんなことにはならなかった。地震が起きた瞬間に、あっちに神性を移しさえすればよかったんだから。あの松のまわりを見てごらんよ。瓦礫の一つも落ちていない。実にきれいなもんだ。さっそく、今日じゅうに届けを出すつもり。慌《あわ》ただしいけど、また引っ越しだ。このどんぐりは、まさに仮の宿、神木ならぬ、『神《しん》・木の実』というわけだね。

そうそう、問題はこのどんぐりだよ。

どうやって、ここまでたどり着いたのか。

あんたが手を回したわけじゃ……、ないよね。

だよね。あんたも少女がどんぐりを持っているのに気づいて、本気で驚いていたもの。

ということは、何もかもが偶然？

あの女の子は、たまたま私が千年お勤めしていた前任地の神社を訪れ、たまたまあのマテバシイの神木から落ちた発芽可能な種子を手に入れ、たまたまそれを携えここに立ち寄った――？　しかも、あの神社のお守りまで持っていたよ？　いやいや、どんなにすさまじい、たまたま大連鎖なの。

　やっぱり、あんたでしょう。

　あんたがあの神社を訪れ、後任さんに私のピンチを伝え、救援を頼んだ。私を哀れに思ってくれた後任さんが、彼女に言霊を打ちこみ、お守りごとどんぐりをここに持たせるよう導いた。言霊は、よその神社の境内に入るとその効力を失ってしまうから、あんたが何とかあとを引き継いで、彼女にどんぐりを投げさせた――。おお、何だか、ラストの謎《なぞ》解きシーンでぐいぐい真実に切りこむ探偵みたい。

　どうだろう、私の推理。そもそも、このどんぐりの使い方自体が、

「不慮の事故等で神性が神木に閉じこめられたとき、過去にその神性が宿っていた神木の苗と接触させることで、神性を一時的に苗に避難させることができる」

という、なかなかお目にかかることがない、極めつきの緊急手段なわけだよ。いくら物知りでも、神木を持った経験もないあんたが、この超レアケースの対処法まで知っているのはさすがに説得力がないと思うんだ。つまり、後任さんから教えてもらった、と考えるのが自然だろ？

　ホラ、正直に話しなさいって。

一度の偶然はあっても、二度、三度の偶然が重なることを神が信じるわけにはいかないよ。それこそ、我々の専売特許じゃないか。別に隠すことないよ。こうして晴れて大団円を迎えたんだからさ。

どうしたの、そんな急に改まって。

聞いてほしいことがある？

おお、聞こうじゃないの。

どんぐりを使う方法は確かに知らなかったけど、女の子がどんぐりを持っていることに気づいた瞬間、なぜか急に頭のなかにその仕組みが浮かんだ——。え、何その強引すぎるストーリー。どうして、後任さんの協力をかたくなに認めようとしない。

実は、まだ私に言ってないことがある？

知ってる。だから、それを早く言いなさいって。

避難命令が発令されているため、後任さんとコンタクトを取ることはそもそも不可能。もしもここを離れ、規制エリアの外に出てしまったが最後、後任さんに会えたとしても、二度と戻ってくることはできなくなってしまう——。

待って。

避難命令って何のこと。

そんなもの、どこに出てるの。

ここ？

この社を含む、広域エリア内におわす、すべての階級の神に対し、即時退去を求める最高レベルの避難命令が発令中？

そんなの……、おかしいでしょう。

だって、当のあんたがここにいるじゃないか。だいたい、あらゆる階級の神への避難命令なんて、私も長い千年のお勤めのなかで一度しか聞いたことないよ。しかも、そのときは——。

嘘《うそ》。

まさか。

大神《おおがみ》様が動くってこと？

待ちなさいよ。

だって、あの神が動いたら……。

この街なんか、あっという間に、吹き飛んでしまうじゃないか。

＊

い、いつから避難命令が出ているの？

年明けから？

ということは、もう二カ月以上経っているじゃないか。じゃあ、今この瞬間に大神様が動き始めてもおかしくないし、明日この場所が消滅していても不思議じゃないってこと？

信じられない……。

あ、あんたは何で、ここにいるの。ひょっとして、前回の避難命令のときのことを知らないんじゃ？　そうか、あんた、まだ若かったんだ。

少しだけ、私のお師匠の話を聞いてくれないかな。

何百年も前のことだけど、あのときの避難命令はとにかく急だった。明日、大神様が現れるから今すぐに避難しろ、だった。私の神社は避難地域に含まれなかったけど、お師匠の神社はそのど真ん中だったんだ。でも、お師匠は従わなかった。自分を祀《まつ》る山奥の小さな村に住む人間たちを守ることを決めたんだ。避難命令が発令された翌日、大神様が現れた。大きな地震と、火山の爆発がいっしょに起きてね。まわりの村では大勢が死んだけど、お師匠が身体を張って村人が避難した洞穴を守ったおかげで、その村だけは全員が無事だった。大したもんでしょ。小さな社に祀られていたけど、ここそというときの力はかなりのものをお持ちだったから。

でもね、その一カ月後にお師匠は消えちゃった。

どうしてか、わかる？

人間がいなくなったからだよ。

まわりの村は壊滅、自分たちの田畑も地震と火山灰のせいでボロボロ、生活が成り立たなくなった人間は、あっさり村を捨てて四散しちゃった。お師匠はそのまま置いてきぼり。それで、おしまい。村から人間がいなくなって、名前を忘れられると同時に、お師匠の神性も呆気《あっけ》なく消滅しちゃった。私はそのことを何十年も経ってから、風の便りで知ったよ。あのときは、泣いたね。

人間に祀られるから、我々は存在する。

人間が去ってしまったら、我々のような下々の神は神通力と神性を失い、消えてしまう。お師匠は知らなかったのかな。いや、たぶん、知っていただろうな。それでも、人間を守ることを選んだ。避難命令に従うということは、自分たちの神性の安全と引き替えに、人間を見捨てる、彼らとの縁を切る、という意味だからね。

大神様とは、どんな存在なのかって？

その答えを正確に知っている神はいないよ。だって、どんなに偉い上級神ですら、直接、大神様に会ったことはないらしいから。「大神様」という名前すら、我々が便宜上つけたものだし。

そもそも、大神様は人間に祀られた存在ではないからね。お師匠が、大神様は何億年も前から火の流れを調整するお勤めをしている、と教えてくれたことがあった。きっとお師匠、マントルのことを言おうとしていたんじゃないかな。ほら、地球の中心部分にはマントルが対流していて、それにのっかって大地がゆっくりと移動しているだろ？　つまり、大神様が任されているのは、地球全体のバランスなんだ。何万年という単位で地球のバランスを調整し、結果、地震が起きる。火山が爆発する。我々が大神様を止める術《すべ》はない。同じ神でも、我々とは司《つかさど》るお勤めが根本的に異なるから。

今度の避難命令の範囲は？

そんなところまで……。

どうして、あんたは逃げなかったの。あの少女がどんぐりを持ってくることを知らなかったのなら、ここにいても、私が復活する可能性はゼロとわかっていたはず。大神様が現れていたら、間違いなくこの街ごと、あんたも消えてしまっていたよ。

謝りたかった？

誰に。

私？

私に謝らないまま、逃げることはできなかった？

ええと……、そんなに謝ってもらわなくちゃいけない案件、私とあんたの間にあったっけ。

本のこと？

そうだ、あんた、デビューしたんだ。すっかり忘れてた。その後、あの本はどうなったの。『つとめる、かみさま』だったっけ。評判は――。

ん？

今、向こうのほうで何か聞こえなかった？

ほら、鳥居のへんで、しゃんしゃんしゃんと神音が鳴ってる。

何だ、あれは……。全身真っ黒に染まった得体の知れない連中がこっちに向かってくるぞ。しかも、何十といる。二列になって、ぞろぞろと。何の用だろう。みんな気味が悪いくらい真っ黒だ。あんな暗い色合いを纏《まと》った神々、見たことがない。

ねえ……、「まもなく、大神様のお成り」って聞こえなかった？

あんたも同じ？

ひ、ひとまず、お迎えに行こう。

よ、ようこそ、ようこそお越しくださいました。私めがこの神社を預かる神でございます。みなさまにおかれましては……。

大神様の前触れであられ、間もなく大神様が現れるゆえ、避難地域に神が残っていないかどうかチェック中とのことでございますか。お勤めご苦労様でございます。

わ、私めでございますか。実はやむなき事情がございまして、つい今しがた実体を取り戻したといいますか、封じられていたところから解放されたといいますか、現場復帰を果たしたばかか——。わ、いきなり、そんな二重三重に私を取り囲んで、どうするおつもりで。今すぐ、退去せよ、と言われましても。ら、乱暴はいけません。話し合いましょう。何しろ避難命令が出ていたことも先ほど知ったばかりで、状況が何もわかっておらず——。

そ、それで、避難ということは、我々が去ったのちこの周辺はどのように——。

まさか。

そんな。

ここで地中のひずみを調整しておかないと、さらに巨大な規模での清算がのちに必要になる。この地域での大神様の活動は二千年前から予定されていたこと——。

しか、しかしですね。そこまでの規模で噴火や地震が起きてしまうと、街も消滅、何十万人もの命が奪われ、あまりに容赦のない結果に……。
退去命令に従うか否《いな》か、今すぐここで返事しろ?
わッ、囲んでいる輪がいきなり狭まった。
わ、わかりました。
お答えします。
私は。
もちろん、大神様の命令に従い――。
駄目だ。
できない。
この神社を捨てて、避難するなんてこと、私にはできません。

*

大丈夫。
あんたが心配していることは、よくわかっている。私はとても冷静。
少しだけ、前触れのみなさまに私の話を聞いていただきたい。相手がたとえ大神様であっても、お伝えしたいことがございます。

毎日。

毎日。

毎日。

地震があった日から、大勢の人間がこの神社を訪れ、お参りをしてくれました。彼らはたくさんの願い事を残していきました。お金のこと、家族のこと、病気のこと――。誰もが本当に困っていました。今も、地震のせいでたくさんの人間が苦しんでいます。願い事のなかでいちばん多かったのは、

「地震を止めてください」

でした。

でも、誰も怒っていなかった。皆、穏やかにお願いして帰っていくのですよ。つらいことをじっと我慢して、どこまでも静かに。なかには、私に感謝の言葉を残していく人間もいた。私は何もしていないのに。それどころか、彼らがいちばん苦しいときに、不様にも折れた神木の中に閉じこめられ、何の助けの手も差し伸べることができなかった、とことん役立たずの神でしかないのに。

これから、なんです。

私はまだ人間たちに何も返してやれていない。それなのに、彼らはこの社殿を建て直そうと動きだしてさえいる。自分たちの家は壊れたまま、本来の生活が戻っていない者も大勢いるにもかかわらず、私の心配なんかをしている。

やっと、私の出番なんです。

もちろん、何から何まで彼らの願いを叶《かな》えることはできない。所詮《しょせん》、私はお師匠の足元にも及ばぬ、頼り甲斐《がい》のない、中途半端《はんぱ》な神だ。でも、ここで神が神である理由を示さないと、私がこの世に存在してきた意義が失われてしまう。

今日、赤ん坊がひとり生まれます。

母親のお産のことで、何度もお参りにくる少女がいて、その子の気配をたどるに、私が手を貸さないとおそらく母親への身体の負担が厳しいことになる。ずっと入院が続いていて、出産は今夜なんです。

私は母親と新しい命を救ってやりたい。

確かに、大神様がやっていることに比べたら、私たちの営みはあまりに小さいかもしれない。ものの見方も近視眼的にすぎるかもしれない。でも、これが私の役目なんだ。人間の小さな暮しを守ることが、私がここに祀られた意味なんだ。大神様の出現と同時に、私の力など一瞬で消し去られてしまうかもしれない。

でも。

どれだけ、大神様が偉いか知らないが、私は最後まで人間たちを守る。

絶対にここから離れないぞ。

＊

ど、ど、どうしよう。

冷静になるつもりが、思いきり熱くなって、言いたいことを全部言ってしまった。

吐きそう。

めまいまでしてきた。

ありがとう、大丈夫だから。いや、全然大丈夫じゃないけれど、それよりあんたは行ってちょうだい。ここから離れて。私と道連れになる必要なんか、これっぽっちもないんだから――。

さあさあ、前触れのみなさま。

もしも、無理にでも連れていくというのなら私も全力で抵抗しますぞ。これでも修行時代は「茅《ち》の輪《わ》みたいな奴《やつ》」とまわりから一目置かれていたんだから。どういう意味かって？　茅の輪は何百本もの茅《ちがや》を使って作るもの、つまり「一筋縄ではいかない」ってことだよッ。

わッ。

くっついた。

私をぐるりと囲んでいる前触れさんの真っ黒に染まった身体が、いきなり隣同士でくっついて、二つがひとつになった。しかも、くっついて大きくなるかと思いきや、逆に小さくなった。わ、小さくなったもの同士でまたくっついた。やっぱり、ひとつになって、もっと小さくなった。さらにくっつく。また、ひとつになって小さくなった。またまた、くっつく……。

どんどんくっついて、最後はひとつになっちゃった。しかも、そんなにも小さな姿になってしまって大丈夫ですか、というくらい小さいのが残った。さっきまで大勢いた前触れのみなさんはいずこへ？

ん？

どこからか、笑い声が聞こえる。

と思ったら、前触れさんでしたか。失礼、そんなにも小さくなられてしまわれたので距離感がつかめず。あの、何がそんなにおかしいので……。

私は退去する必要はない？

そもそも、命令を受け取る神が不在だったゆえ、避難命令もこの社には出されていない。避難命令を送る代わりに、どんぐりを送った？

あの、いきなり何のお話を。どうして、どんぐりのことをご存じで――？

いや、その前に、あなたは本当に大神様の前触れ？　失礼、実はここ最近、私のことを本に書きたいとやってきたライターが覆面調査員だったり、引き継ぎの際に後任のフリをした妙な神宝デザイナーにしっちゃかめっちゃかな日に遭わされたり、ヘルプで入ったつもりの神社で抜き打ち昇任試験が行われたり、結果オーライとはいえ、いいように騙《だま》されてばかりで――。今一度、大神様とどういうご関係で前触れを名乗ってらっしゃるのか、ご説明いただきたい。

今さら説明の必要なんかない？

なぜなら、もう来ているから？

来ているって、誰が。

大神様？――

冗談を言ってもらっては困ります。間違いなく、今、境内には我々とあなたしか――。

まさか。

嘘。

あなたが?

無理無理。

そんなの無理。

信じられない。

大神様だよ? どんな上級神でさえ直接会ったことがない、レジェンド中のレジェンド、まさに我々にとっての神が、どうしてこんなしがない縁結び神のところに来るの。だいたい、大神様はこの世に現れた途端、大地震と大噴火がいっぺんに襲ってくる荒ぶる神のてっぺんにおわす方だよ。こんな野球のボールくらいのサイズで、何のオーラも感じられないままチーンとしているなんておかしいでしょう。

な、何ですか、急にか細い腕を上げられて。おや、指でカウントダウンを始めた。

ゼロになったら、地震を起こす?

適当なこと言わないで。地震と火山は、大神様の専権事項。もしくは地底のなまずが暴れたときの置き土産。我々がどうがんばっても、起こすこともできなければ、鎮《しず》めることもできない、まさに不如意《ふにょい》の象徴。それを——。

わッ。

揺れた。
ドンと来た。
さらに、グラグラと来た。
これはでかい。
わ、わ、わ、瓦礫《がれき》が崩れそうだ。せっかくブルーシートやロープで固定したのに、
崩れてしまう。やめて、やめてちょうだいッ。
ん？
いきなり、揺れが止まった。
あなたさまが腕を下ろした途端、確かにぴたりと地震が止まった。
まさか、本当に――。
大神様？

＊

ほら、あんた。
何か言いなさいよ。
ちょっと、震えてるじゃないか。

私も震えてる？

本当だ、全身の百三十七色が好き勝手にちらちらして、自分でも酔いそうだ。

そ、それにしても大神様、そのお召し物はどういう……。いえ、そこまで黒い色を纏った神というものを存じ上げないもので。さらには、その驚きのミニサイズ。山を砕き、海を割るという豪快な大神様のイメージとは、あまりにかけ離れたお姿でいらっしゃるのは、いかなる——。

まさか、これが普段のお姿で。

何億年も、煮えたぎる火の流れの中で仕事をしてきたから、身体《からだ》の芯《しん》まで焦《こ》げてしまった。さらには地中の圧力がすさまじく、むかしは山よりも大きく、空に届くほどだった気がするけど、いつの間にかここまで縮んでしまった。な、なるほど。私たちには想像もつかぬ、壮絶なお勤めの現場の実態を垣間見《かいまみ》た気がいたします。

おや、これは？

何だか、見覚えのある表紙。あれ？『つとめる、かみさま』って、あんたの本じゃない。どうしてこれが大神様の手に。

まさか、お読みになられたので？
ワ、ワオ。

あんた、これはすごい話だよ。

大神様、何を隠そう、この者が本を書いた「ちはやふりー」であります。もちろん、ペンネームですが、我々のような下々の神の目から見た、日々のお勤めの様子を書きたい、と以前から言っていたのがついに——って、そうだ、私はまだこの本を読んでいないのだった。そう言えば、あんた、本のことで私に謝ることがあるとか何とか言ってなかったっけ？

うん、覚えてるよ。主役でもなければ、私は二番手でも三番手でもないんでしょ。いや、別にいいんだよ、そんなの。対象が近すぎると逆に書きづらくなることだってあるだろうしね。

それより、まだ中身をまったく知らないんだけど、何について書いた本なのよ、これ。

とある神が、日々のお勤めをこなしていたところ、激しい天変地異が発生し、主役の神は身を挺《てい》して天変地異に立ち向かい、見事、神社と街を守ってみせる。文体はドキュメンタリー・タッチながら、創作もふんだんに入れこみ、ハラハラドキドキの展開で読み手に休む隙《すき》を与えない——、それが『つとめる、かみさま』のあらすじ？

てっきり、ノンフィクションだと思っていたけど、むしろ小説寄りじゃない。

主役は架空の街の、架空の神社に祀られた縁結び神。執筆の際には、その主役の神が、のらりくらりとお勤めをこなす日常の描写について、私をある程度参考にした。ホホウ。

センスの悪い、とっちらかった色を纏った外見にいたってはそのまんま私を使った。ホホウ。

その他、主役の神のいい加減で小ずるい性格はじめ、マイナス気味な部分の造形についてはすべて私をモデルにした。そのことを伝えぬまま私が消滅してしまうと、下手すれば祟《たた》られるかもしれないと思い、この場所から離れることができなかった――。

そういうことだったんだ。

まったく馬鹿《ばか》だな、あんたも。

怒らないのかって？

当たり前だろ、怒るわけないよ。祟るなんて、とんでもない。

だって、こんなこと言っちゃ何だけど――、この本、全然売れてないでしょ？

著者を前にして申し訳ないけど、聞くからにおもしろくなさそうだもの。だいたい、見た目のセンスがゼロのあんたにどう書かれようと怒る気にもなれないよ。あの伝説的神宝デザイナーからも、素敵印をいただいた私だよ？　むしろ、私が怒りたいのはストーリーのほう。どうして、書き始める前に相談してくれなかったの。あんた、全然小説ってものがわかってない。もっと練らないと。こんなの売れっこないよ。

え？

たいへん、おもしろかった？

ハッ、それは大神様がこの本を読んでのご感想で。そんな気を遣っていただかなくても結構でございます。ちなみに、大神様はどちらでこの『つとめる、かみさま』をお知りに？

ひさしぶりに地上に顔をのぞかせてみたら、神々の間で大ヒットしている本だと風の便りで知り、調整の時間の合間に読んでみると、これがすこぶるおもしろかった。

へ？　大ヒット？

本当にこの本に描かれているような縁結び神がいるのか探ってみようと思い、神通力を用いて著者を見つけ、さらに著者の意識内に潜りこんで主役のモデルらしき神を探ってみたら、神木に閉じこめられている私にたどり着いた——。

二千年ぶりになるこの地域での調整の準備が整うまでの間、この本に書いてあるような、天変地異に立ち向かう縁結び神がいるものなのか、ちょっと試してみようと思いついた——。

何だろう――、また、身体が勝手に震えてきた。

う、うん。あんたもびっくりするくらい震えてる。

オヤ、いつの間にか、大神様の小さな手にのっているのはどんぐり……？　しかも、この感覚はまぎれもない私の前任地、あのマテバシイの神木のものではないですか。な、なぜ、それが大神様の手元に？

まず、前任地の神社に初詣《はつもうで》に来ていた少女の手元に、このどんぐりが届くよう導いた。

わ。

次に、そこの「ちはやふりー」の意識に、どんぐりの使い方を擦りこんだ。

わ、わ。

本来なら準備を終え、調整実行の一日前に避難命令を伝えるつもりだったが、本と似たシチュエーションを、このモデルになった神のまわりに作り出してみたらおもしろかろうと思い、どんぐりが芽吹き、私が現場に戻る日を待っていた。事前に避難勧告を発したのは、ここに来る際に、他の神々に姿を見られないようにするため。

わ、わ、わ。

その話が真実なら、私は大神様に助けられたことになるではないですか。しかも、そのきっかけは、あんたが私をモデルにして本を書いてくれたから――？

だ、駄目だ、震えが止まらない。

な、ならば、こうして大神様がここにおられるのはどういうことに……。なぜそんなホッホッホッとお笑いになられているので？

本に登場する神といちいち同じ反応が見られて愉快、愉快、ではさらば――。

ち、ちょっとお待ちを！

お、お帰りになる前に、僭越《せんえつ》ながらお訊ねしたいことが。や、やはり、これから大神様はお勤めを果たされるのでしょうか。我々のような下《した》っ端《ぱ》の神が口を挟むことではないと重々承知していますが、どうか、どう――。

わッ、いきなり本を突きつけられた。

今回の調整は、予定をすべてキャンセルして、避難命令も解除。また火の流れのなかを漂い、地球を一周して戻ってくるのはだいたい二千年後。次回は間違いなく調整を行う。それまでこの本の舞台となったよき場所を変わらず保つように――。

そ、それってつまり。

地震が収まる……ということで？

あ、ありがとうございますッ。

代わりに、ひとつお願いがある？　そもそも、この神社を訪れたいちばんの目的を、まだ言っていない？

ハッ、何でございましょう。もちろん、今回の件は決して口外いたしません。この胸に固く秘め続けることをお誓い――。

は。

あの、もう一度、いいですか。

私たちの――、サインが欲しい？

その十

今年のお祭りはないかもしれない。

そんな話もお父さんから聞いていただけに、いつもどおり秋祭りが行われると知っても、「本当かな？」と美琴はどこか半信半疑の気持ちを拭《ぬぐ》えずにいた。

しかし、鳥居から続く屋台の列を実際に目にした瞬間、ワアッと心が騒ぎ、弟と手をつないでいたことも忘れて、浴衣《ゆかた》の裾《すそ》を翻《ひるがえ》し、走りだしていた。「美琴、美琴」とお母さんが呼ぶのを聞いて足を止めると、弟がふらふらと一本足で立っている。急に手を引かれたことで、片方の草履が脱げてしまったのだ。

「ごめん、ごめん」

藍色《あいいろ》に格子《こうし》模様が入った甚平《じんべい》姿の弟に謝るが、相手もすでに上の空だった。お母さんが置き去りになった草履を持ってくるのを待ちながら、弟の視線を追うように、美琴も改めて鳥居を正面に捉《とら》えた。

去年の記憶と比べて、はなやかな祭りの空気は何も変わっていなかった。

むしろ、より規模が大きくなっているかもしれなかった。なぜなら、去年も、その前の年も、鳥居を潜《くぐ》ってから参道の両側に夜店が登場していたはずが、今年は鳥居の手前にはみ出すように、右手にあんず飴《あめ》とスーパーボールすくい、左手に回転焼きと鳥がぴよぴよと鳴いているように聞こえる笛を売っている屋台が並んでいたからである。

玉砂利を踏む音が幾層にも重なり、続々と人が境内に吸いこまれていく。祭りの雰囲気にすっかりのぼせ上がった弟に今度は逆に引っ張られるようにして、美琴は鳥居を潜った。

「お参りが先」

気になる屋台を見つけるたび、人の流れの真ん中で立ち止まってしまう弟を、お母さんがその都度、背中を押して注意する。

参道の先に見えてきた本殿は依然、白いフェンスに囲まれていた。

本殿の正面にあたる場所には、フェンスと接するように祭り仕様の大きな賽銭《さいせん》用プールが置かれていた。美琴はへりまで進んで、白い布が敷かれたプールの底に、お札や硬貨、さらには宝くじが投げこまれているのをのぞきこんでから、お母さんから渡された百円玉を放った。

心に浮かべたのはお願いではなく、

「ありがとうございました」

というお礼の言葉だった。

半年も前のことになる。あれは三年生の三学期終業式の日だった。最初の地震と同じくらい大きな地震が、体育館で校長先生の話を聞き終え、教室に戻った美琴たちを「ドン」という強い揺れとともに襲った。

それが最後だった。

また地震活動が活発になるのではないか、というお父さんやお母さんの心配をよそに、それきり地震は不思議なくらいピタリとやんだ。

大きな揺れもないまま半年が過ぎ、最近は地震のことを忘れてしまう時間も多くなった。しかし、参道途中の石灯籠《いしどうろう》は元のかたちに戻っても、フェンス越しに見上げる、建物を押し潰《つぶ》し、傾いたままブルーシートに覆《おお》われた本殿の屋根は、すべてが終わったわけではないことを無言で伝えていた。

不意に、スタジアムに避難した夜の記憶が、外野の人工芝に触れた指先の感覚とともに蘇った。地震が起きたのは、去年の秋祭りが終わって三日後のことだった。あれから、もう少しで一年が経《た》とうとしているのだ。

「本殿とかの建て直しに二十年かかると言われていたけど、十年くらいでできることになったらしい」

とお父さんは言っていたが、十年という歳月も、気がつけばあっという間に過ぎ去ってしまう長さなのだろうか。先月、十歳になったばかりの美琴には、途方もなく遠い響きにしか感じられない。

お母さんが、美琴よりも長く手を合わせていた弟に、何をお願いしたのかと訊《たず》ねた。弟は当然のように、贔屓《ひいき》の地元のプロ野球チームが優勝するように、仕事が忙しくていっしょに来られないお父さんのぶんもお願いした、と鼻息荒く答えた。

クラスの男子が毎日騒いでいるおかげで、去年と同じように、チームがシーズン終盤に失速し、首位から陥落しそうだという情報は知っている。地震の被害を受けたスタジアムを大急ぎで改修し、何とか試合ができる環境を整え開幕を迎えたというニュースを見たときは、野球のルールを理解していない美琴もうれしかった。去年は地震があったことも影響して、シーズン終了寸前で優勝を逃し、みんながっかりしていたのを覚えているだけに、今年こそは優勝してほしいと思っている。

賽銭用プールの前の人混みから抜け出すと、境内の木立の向こうに日が隠れ、ゆっくりと空が夜に染まりつつあった。屋台に吊《つる》された裸電球がぽうっと光を放ち、整然と並ぶリンゴ飴の真っ赤な球体を、木枠にはまったスマートボールのなめらかなガラス台を、金魚のオレンジ色の背びれが彩《いろど》る水面を、お好み焼きをひっくり返す、ねじり鉢巻きをしめたおじいさんのつるっぱげの頭を、やわらかに照らし始める。今にも勝手に駆けだしそうな弟の手をぎゅうと握り、どの屋台から回ろうかと忙《せわ》しく首を左右に振っているところへ、

「美琴ちゃん」

と声がかかった。

驚いて視線を中央で止めると、正面に浴衣姿の少女が立っていた。

「かのこちゃん！」

薄めの藤色《ふじいろ》の布地に、淡いピンク色で染めつけられた金魚が二匹、三匹と泳いでい

る浴衣を纏ったかのこちゃんが、「や」と巾着袋《きんちゃくぶくろ》を持った手を挙げた。

かのこちゃんの隣に立つお母さんらしき人と、美琴の隣に立つお母さんが、まるで合わせ鏡のように娘の耳の横に顔を持ってきて誰なのと訊ね、クラスはちがうけれど学校の同級生であると知るなり、ほぼ同じタイミングで、

「いつも、お世話になっています」

と頭を下げた。

「こんにちは、はじめまして」

美琴と手をつないでいる弟の前で、かのこちゃんが腰を屈《かが》めると、弟はもじもじとしながらも中途半端に頭を下げた。

「もう、まわった？」

笑いながら視線を上げたかのこちゃんに、お参りが済んでこれからまわるところだと美琴が返している途中で、「いた、いた」と男の人が近づいてきた。

「あ、お父さん」

とかのこちゃんが振り返る。

かのこちゃんのお父さんは、胸の前にだっこ紐《ひも》をつけ、大儀そうに赤ちゃんを抱えていた。まるで亀《かめ》の甲羅のように赤ちゃんの背中にはだっこ紐があてがわれ、そこか

ら肉づきのよい両手と両足がのぞいている。そのたくましく膨らんだふとももをつつき、

「うちの弟だよ」

とかのこちゃんが紹介してくれた。

かのこちゃんとは四年生も別のクラスになってしまったけれど、掃除の時間、ともにゴミ箱を用務員室まで持っていく係なので、教室からの往復の途中、顔を合わせる機会も多い。そんなときは廊下を並んで歩きながら、湯葉の作り方について説明してくれたり、三毛猫にオスが生まれない不思議を語ってくれたりする。話題が一風変わっていて、ときどきついていけないこともあるが、美琴はかのこちゃんの話を聞くのが好きだった。一度、お返しに「夏休みにおばあちゃんから聞いた、六十年前の巫女《みこ》さんアルバイトの話」を教えてあげたら、予想以上によろこばれた。

「もうすぐ、六カ月です」

かのこちゃんのお父さんの声に、「わあ」と引き寄せられるように美琴のお母さんは赤ちゃんをのぞきこみ、「かわいいね、むちむちだね」と顔の輪郭に合わせて両手の親指と人差し指で丸を作った。

最後の大きな地震があった三学期の終業式の日に弟が生まれたことは、すでに教え

てもらって知っていても、会うのは美琴も今日がはじめてだった。

「こんにちは」

と美琴が声をかけると、

「寝てるよ。ミルク飲んで、寝てばっかり。それが仕事なんだって」

とかのこちゃんが赤ちゃんの足の裏をくすぐり、お母さんからすぐさま「起こさないで」と注意されていた。

「私、お参りまだなの。お参りしたあとに、いっしょにまわらない？」

「うん、もちろん」

と大きくうなずいたとき、美琴はかのこちゃんの後方に、二人の男性が立っていることに気がついた。

ごったがえす人混みの真ん中に突っ立っているのに、誰も二人にぶつかることもなければ、迷惑そうな視線を向けることもなく、まるでそこに空気の壁があるかのように、人の流れが自然に左右に分かれて二人をやり過ごしていく。

美琴の視線を待ち受けていたかのように、右側の男性が静かにお辞儀した。

その律儀《りちぎ》そうな横分けの髪形、黒縁メガネ、銀行員のようなスーツ姿をどこかで見たという記憶が、

『ポンッ』

という射的の屋台から聞こえてきた発射音に重なって蘇《よみがえ》った。

そうだ——、フェンスの前で悲しそうな顔をして立っていた人だ。

今は穏やかな笑みを浮かべている黒縁メガネの男性の隣で、こちらは見覚えがない、小太りの中年男性が同じくにこやかな表情を向けている。やたらたくさんの色がちりばめられた、奇妙な模様が踊っている不思議な柄のシャツを着て、美琴と目が合うとゆったりと会釈《えしゃく》したのち、親しげに手を振った。

「ふえあ」

赤ちゃんの声に思わず視線を向けると、かのこちゃんのお父さんが踊るように身体を揺らしながら、かのこちゃんが起こしてしまったのか、ぐずり始めた赤ちゃんを再び眠りの世界に誘《いざな》おうと奮戦していた。

そんなお父さんをさっさと置いて、

「ちょっと、行ってくるね」

とお参りに向かうかのこちゃんの背中に、

「ここで待ってる」

と追いかけるように告げ、美琴は視線を戻した。

大勢がすれ違う参道のどこにも、さっきの二人の姿は見当たらなかった。

その十一

私たちのこと、わかってくれたかな。

あの少女の隣にいた赤ん坊、大神様が現れた日に私がお産に力を貸した子だよ。もう、あんなに大きくなっちゃって。親子ともに元気そうで何よりだ。

あれから、半年が経つんだなあ。

今でも、本当だったのかなと思うときがあるよ。

あんたも？

あれは本物の大神様だったのだろうか。ひょっとして、また変なのに担《かつ》がれただけなんじゃなかろうか。確かにあれきり地震は収まったけど、たまたまの結果かもしれない――。そんなことを考え始めると眠れなくなっちゃうよ。あの避難命令の大誤報は何だったんだって、ずいぶん長いこと話題になっていたけど、あの日、大神様が現れたなんて噂《うわさ》、ついぞ聞かないし、目撃したのも私とあんただけだから検証のしようもないし。

答えは二千年後にわかる——のかな。

去り際《ぎわ》の言葉どおり、派手に地震を引き連れ、二千年後にまた同じ大神様が現れたら本物だったってことだし、ウウム……、言葉どおりに登場してほしいような、それはそれでたいへんなことになるから、二度と登場してほしくないような複雑な気分。

そういうあんたは、最近どうしてるの。

ベストセラー作家だか何だか知らないけどさ、めっきり顔を出さなくなって、偉くなってしまったもんだな、なんて思っていたところだったんだよね。

仕事の依頼がわんさかやってきて、てんてこ舞いになりながら、今は続編を書いている？

続編って、あの『つとめる、かみさま』の？

主役の縁結び神はそのままに、O神《おー》という謎《なぞ》の相手役を登場させ、その圧力に屈せず信念を貫き通す主役のさらなる奮闘ぶりを描きつつ、敵か味方かわからない伝説的神宝デザイナーも絡《から》んできて、前作をしのぐハラハラドキドキの展開が繰り広げられる——。

あんたも存外、たくましいというか、図々《ずうずう》しいというか、転んでもタダでは起きないところがあるもんだね——って、その話、どれもタダじゃないか。あんた、ずっと横で見ていただけだろ。

あんたにはわからないだろうけど、大神様とやり合ったときの心労たるや、そりゃあもう強烈だったわけよ。あのあと一カ月寝こんだくらいなんだから。それをいいとこどりで、しれっと本に仕上げちゃうってのは、いかがなもんだろうなあ……。

何、これ。

プロット帳って書いてあるじゃない。

やっぱり、こういうものを用意してから書き始めるんだ。何だか、本物の作家先生みたいだね。

読んでいいのかい？　ふむふむ、オープニングは主役の神が秋祭りの場にて、言霊《ことだま》を打ちこみ次々と縁結びの仕込みに励む場面から盛大にスタート——。これって、私が今から始めるお勤めそのものじゃないか。

ということで、次作のために改めて取材させてほしい？

ふっふっへっ。

待っていたかもしれない、その言葉。

とうとう、私の本気を披露するときが来たようだね。

実は今年の秋祭りには、ざっと千年お勤めを続けてきた縁結び神としての知恵と経験をすべて注ぎこもうと決めていたんだ。あの神宝デザイナーからいただいた新品の神宝にも、すでに言霊の源をマックスまで詰めこんで準備済みだし。

何しろ、厳しい一年だったから。今年は縁結びだけに限らず、あるだけの神通力《じんつうりき》でもって彼らの願い事を叶えてやるつもり。

野球チーム？

もちろん、優勝させるさ。今日もそれがらみの願いが多いこと多いこと。まるで去年のデジャブだよ。いや、それ以上だね。

二十年に一度くらいの優勝で右往左往するなと、ほんの一年前に言っていた自分を叱《しか》りたいね。二十年なんて瞬《まばた》きする程度の時間だ、とかもうどうしようもない。我が身に置き換えたときはじめてわかる、このやるせなさ。すべての社殿が建て直されるまで二十年と聞いたときは、悲しくて泣きそうになったもの。多くの協力が集まったおかげで半分の十年に工期が短縮されても、それでも何て先だろうって思ってしまうから。いいじゃない、優勝しちゃえば。風神連中にも掛け合って、ここぞというところで、風をじゃんじゃん吹かせてホームランにしてあげるつもり。

そうそう、聞いてくれるかな。

これだけたいへんな一年だったにもかかわらず、お偉方から提示されたノルマは去年と変わらないってどういうこと？　死にものぐるいでやらないことには、とても間に合わない。優勝の件も、町全体がお祭り騒ぎになるだろうから、そこを利用して縁結びの実績アップにつなげてしまおうという切実な打算もあるわけ。次の作品には、ぜひこのへんの現場の悲鳴っていうの？　ノルマ至上主義に対する批判精神を発揮した内容も織りこんでほしいな。

そうだな、タイトルは『かんかん、かみんぐあうと』なんて、どう？　あんた、こういうひらがなのタイトル好きでしょ？　ちなみに「神んぐあうと」で神とかけているから。

よし、そろそろ、取りかかるかな。

あんたもそこの神宝の袋を持って、遅れずついてきて。私のほうは例の新作バッグで、あんたのはおふるのほうだから。後任さんのためにひとつ置いてこなかったのかって？　何、言ってんの。あんな趣味の悪いデザインを纏《まと》って平気でいるような神に、お裾分けなんてあり得ないよ。

さあ、見てなさいよ。これから千年かけて築き上げた神の技を総動員させて、流れるような滑らかさで次々声がけしたのち、言霊を打ちこんでいくから。

それにしても、いい眺めだなあ。

ほら、みんなが笑っている。

誰もが、とてもうれしそう。

本当のところ、今年も無事この日を迎えることができるなんて思ってもみなかった。ときに厄介で、ときにわがままばかり、何てめんどうな相手だと思うことも多いけれど、来年も再来年も、そう百年後も、こうしてともに在ることができたらいいね。あんたもどうか、この神社を見守り続けておくれよ。

じゃ、始めようか。

さっそく、あそこの綿菓子の屋台にいる、ういういしい様子の二人から仕掛けてみるかな。

時間よ止まるべし。

時間よ止まるべし。

はい、言霊《パーマネント》できました。

さあさあ、永遠なる神のお勤めの時間だ。

解説

津村記久子

気楽なことが年々難しくなっているように思える。こういう頑固な中年みたいなことを考えるたびに、いやそんなものそこらじゅうにあふれかえってるじゃない、テレビつけてもいいしウェブサイトでもSNSでも、と自分でもすぐに反駁《はんばく》するのだけど、適当に騒いだり流行《はやり》の食べ物やチェーン店の話をしていれば一律気楽というものでもない。テレビならしゃべる人の音量や話し方が自分にとって気楽でないということもあるし、ウェブサイトやSNSなら文体が気楽でないかもしれない。誰かにとって気楽なことが、私にとっては気楽ではないかもしれないし、その逆も然《しか》り。テレビ的な、もっと言うと広義の人に見せる文脈の上での「他人がわちゃわちゃしている」が厳然とした「他人事」から、「眺めているうちになんとなく良い気分になる」に移行する境い目や条件は、意外と現在も見極められていないように思う。それにしても本当にこういう指摘をする自分が気難しくて嫌だ。

しかし本書は万人に勧められる。もちろん気難しいわたしもにっこりだ。どうして万城目さんの書いたものは、気楽に万人に勧められるほどの気楽さを持っているのか。一つの要素には集約できないし、そもそもおもしろいのは前提条件としても、やっぱり品が良くて技術が高いからかなあ、というところに落ち着く。「品」はちょっと漠然としていてわたしに語れることではないような気がするのだけれども、あえて言葉にすると「気持ち悪い人が話に出てこない。もしくは登場人物の気持ち悪い行動で話を立てない」ということかもしれない。この「気持ち悪い」とは、考え抜かれていなかったり、うまく采配《さいはい》がなされていなくて、作り手にそんな意図はなくても結果的に登場人物や話が読み手にとって不快になってしまう、という状態のことで、要は作り手のバランス感覚や話の設計が変だということに由来する欠陥なのだけれども、万城目さんが書かれたものでこれを感じることは一切ない。みんなちゃんとしている。いや、変な人自体はたくさん出てくる。今回の主人公である縁結びの神様も、行動をともにするライター神様も、どう考えても変な人なのだが、それらがきちんと万城目さんの想定の中で「変」の役割をまっとうしている様子は、読んでいてとても気持ちがいい。べつに判で押したような善人ばかり出てくるというわけではないし、誰も彼も利己的な気持ちで勝手に動いていたりするのだけれども、必ずその周囲には綺麗《きれい》な境界が引かれていて、作り手の揺らぎが伝わってくる「気持ち悪い」には微塵《みじん》も傾かない。その線引きをする万城目さんの手付きには、やっぱり正確な技術が宿っていると思うし、その境界を選別する基準の根拠には品がある。ひーおもしろい、とゲラゲラ笑いながら読める万城目さんの小説の気楽さの根底には、高い技術と品の良さが横たわっているのだ。

真面目《まじめ》なことばっかり書いているけれども、本当に本書は気楽で楽しい本だ。それは、お気楽なだけではなく、表題作『パーマネント神喜劇』にはきちんと震災後の世界が見据えられているという誠実さも含められた由緒正しい気楽さだ。

主人公の縁結びを主なご利益《りやく》とするおっさん神様は、おそらく神々の中では下級に属し、人間であるわたしたちと同じように、昇進を夢見たり、仕事上のちょっとした小技としてズルをしたりしながら、日々神様のつとめを果たして過ごしている。もう一方の主人公と言える、彼が直接的間接的にご利益を授ける人間たちもまた、普通の人々だ。二話目『当たり屋』の主人公だけは、当たり屋という詐欺《さぎ》まがいのことをして日銭を稼いでいるけれども、その中でも変にまっとうというか、かすり傷を騒ぎ立てて金を搾《しぼ》り取るような陰湿な当たり屋ではなく「車にちゃんとぶつかったのち、転倒するというパターン」を採用していて、やっぱりどこか人の道にはずれた悪にはなれないでいる。

普通のおっさんだけど神様で、やっぱりおっさん。でもこの神様の語りの楽しさが本当に安定している。読まれた方はおわかりかと思うけれども、とりあえず時間が許すならこのおっさんの話をずっと聞いていたい、と思わせる当たりの柔らかさと、言葉選びの確かさがある。個人的には、以下の部分が本書ではいちばん好きだ。

「エマージェンシー。

どえらいエマージェンシー。

あんたも感じる？　このかそけき余韻、明らかに神の手によって、言霊《ことだま》が放たれたあとのものだよ」

『当たり屋』で、神社の後任と目される女性の神様が、どうも何かやらかしたのではないかと疑っている時のモノローグなのだが、「エマージェンシー」「かそけき余韻」の並びがあまりに秀逸すぎて、話の流れとは関係なくいったん本を伏せて何回か頭の中で反芻《はんすう》してしまった。それから少し後の、

「はあ……。

参った。

困った。

吐きそう」

という部分も好きだ。神様も困ったら吐きそうになるんや……、とにやにやしてしまうし、参った、困った、吐きそう、のリズムは端的に楽しい。本書を読む喜びの一つに、ファンタジーな物語が世俗的な「今」の言葉で語られている、つまり身近に思えることがあると思うのだけど、もしこの世俗的な語りが下手だったら、目も当てられないことになる。プロアマ問わずこれまで幾多のそれっぽい語りを目にしてきて、読者目線で「寒い」とか「わかってない」と気難しい感想を頭の中で口にしてきた自分なのですが、本書の神様の語りは、「今」の話し言葉においておそらく相当正確で、外れのない読み心地を提供してくれる。あと、縁結びの神様について回るライター神様のペンネームが「ちはやふりー」なのと、デビュー作のタイトルが『つとめる、かみさま』であるのが本当に好きだ。

冒頭にも書いたように、気楽であることは実は難しい。愚痴を言ったり悪口を言ったり怖がらせたり、自慢したりジャッジしたり、求められてもいないのに一方的に自分の人生について語ったりする方がおそらく簡単だ。そこそこの年齢なら自覚はおありだと思うけれども、気の置けない人はこの広い広い世の中でほんの一握りで、本も例外ではないのかもしれない。けれども本書は、実にたやすく気楽さへの希求を叶《かな》えてくれる。どんな気分の時にでも読める本が理想だよな、という考えが自分の中にはあるのだけれども、この本はまさしく、どんな気分の時にでも読める。うれしかろうと悲しかろうと、元気だろうと疲れていようと、縁結びの神様は語ってくれる。

（令和二年三月、小説家）

この作品は平成二十九年六月新潮社より刊行された。

パーマネント神喜劇《しんきげき》

新潮文庫　ま-48-2

令和二年五月一日発行

著者　万《ま》城《き》目《め》学《まなぶ》

発行者　佐藤隆信

発行所　株式会社 新潮社

郵便番号　一六二―八七一一
東京都新宿区矢来町七一
電話　編集部(〇三)三二六六―五四四〇
　　　読者係(〇三)三二六六―五一一一
https://www.shinchosha.co.jp

価格はカバーに表示してあります。

印刷・錦明印刷株式会社　製本・錦明印刷株式会社

ISBN978-4-10-120662-2 C0193